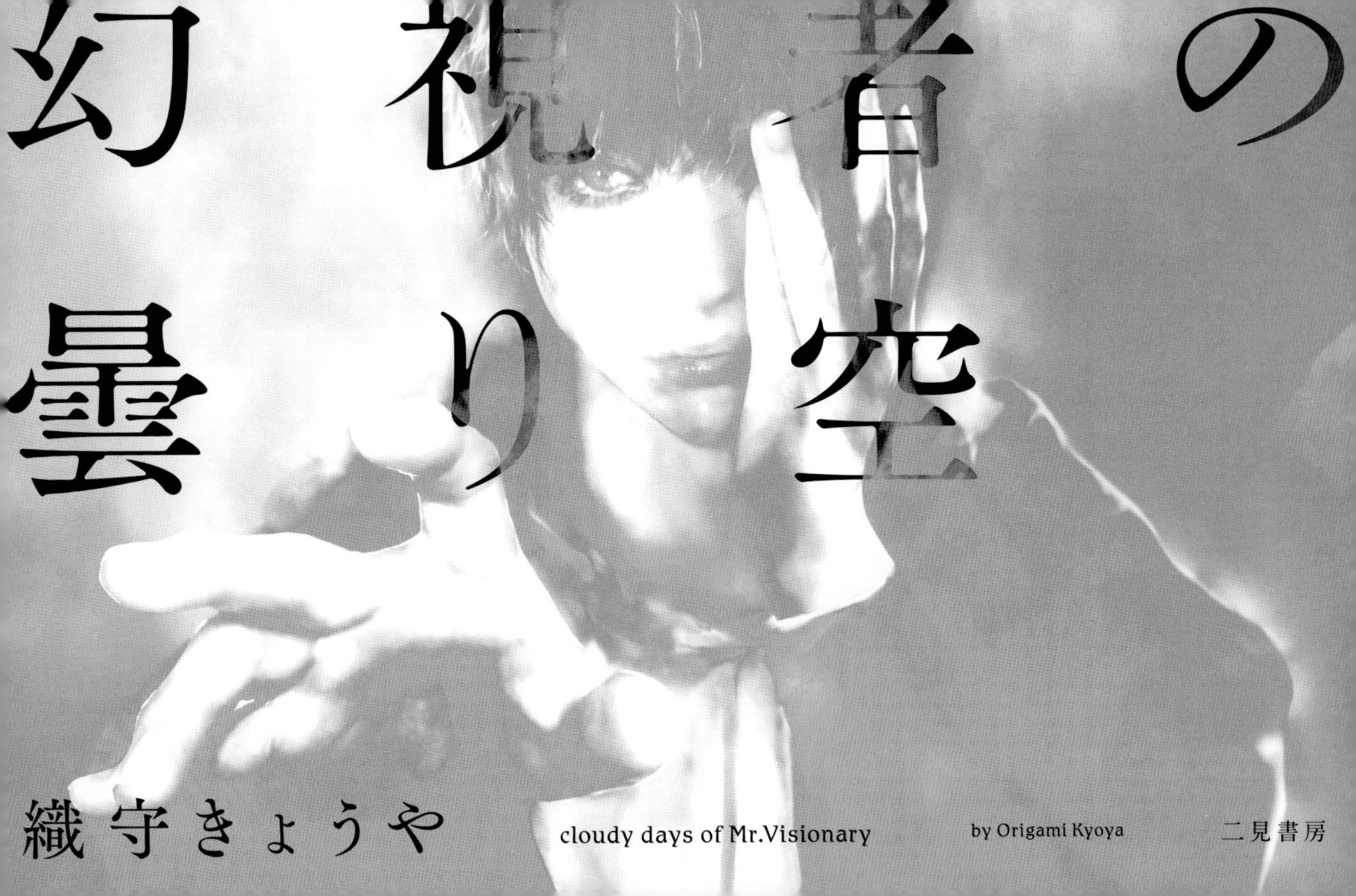

幻視者の
曇り空
織守きょうや
cloudy days of Mr.Visionary
by Origami Kyoya
二見書房

幻視者の曇り空

cloudy days of Mr.Visionary

装幀：坂野公一（welle design）

装画：青依青

CONTENTS

I

俺の特技は、愛想笑いと口先でごまかすことと、心を無にしてやり過ごすことと、誰にもぶつからずに人ごみの間をすり抜けることだ。

どれも好きでやっているわけではない。生きていくうえで身についた特技だった。

そもそも、人ごみにはできるだけ行かないようにしている。

それが起きるかどうかは日による。しかし、うっかり起きやすい日に他人の身体に触れてしまうと、それは容赦なく俺の視界を侵食する。

常に周囲に注意して、他人との距離を意識するのが癖になっていた。歩きスマホなどもってのほかだ。バスや電車でも、自分からぶつかったり、他人の足を踏んだりしたことは一度もない。満員電車を避けるために、高校生のときは、毎朝一時間早い電車に乗っていた。

午前中だけの講義を終え、大学を出ると、空はどんよりと曇っていた。天気予報によれば雨は降らないはずだったが、今にも降り出しそうだ。傘を持っていない俺は、少し急ぎ足になる。前から、両手に買い物袋を持った女性が歩いてくるのが見える。俺は彼女とすれ違う数メートル手前から端に寄り、彼女のために道をあけた。

俺とその女性は、余裕をもってすれ違う。

よし、と安心して俺はまた歩き出した。

この厄介な体質——一応、能力と呼んでもいいのだろうか——を自覚したのは確か九歳のときだったので、それから十二年、こんな生き方にも結構な年季が入っている。外に出ることが怖かった時期もあったが、自分が注意していれば、自分の身を守ることはできるとわかった。今は毎日大学に通い、人並みに生活できている。

それでも、事故というものは起きる。

手の甲に、とん、と何かが当たった。

後ろから歩いてきた誰かが俺を追い抜きざま、手の甲に触れたのだ。

かすった程度の軽い接触だ。その誰か——俺の母親くらいの年齢の女性だ——はこちらを振り向きもしない。

あ、来る、と思った。

その瞬間、一枚ベールをかぶせたかのように、俺の視界は切り替わる。

スーパーらしき店内と、調味料の瓶を棚からとる手が視《み》えた。女性の手だ。手の持ち主は、瓶をそのまま、反対側の手首にかけたエコバッグの中に落とす。

万引きの様子を幻視することは、割とよくある。俺はとっさに目を瞑《つぶ》り、心のアンテナを閉じることをイメージした。まぶたを開き、現実の世界に焦点を合わせるように、意識をチューニングする。そうすると、すぐに視界が戻ってくる。

幻視はほんの一瞬で済んだ。昔はいちいち混乱していたが、今ではこうしてある程度制御できるようになった。

俺を追い抜いた女性は、俺が足を止めている間にどんどん遠ざかり、もう数メートル先にいた。俺に秘密を視られたとも知らずに。

どうやら今日は、視えやすい日のようだ。ときどき、そういう日がある。

そういうときは、できるだけ人と会わずにやり過ごすことにしている。

さっさと帰ろう、今日は一日家にこもっていよう——そう思いながら歩き出す。

コンビニの前を通り過ぎるとき、ガラス越しに、表紙を通りへ向けて陳列された週刊誌の見出しが見えた。そのどれもが、先週起きた通り魔殺人に関するものだ。二人目の被害者と思われる、刃物で切り刻まれた遺体が見つかり、手口から連続殺人である可能性が濃くなってきたが、まだ犯人の手がかりすらつかめていないらしい。

確か二人目の遺体の発見現場は、大学から電車で二駅程度の距離だったはずだ。

しかし、俺には関係がない。

行きかう通行人にうっかり触れてしまうことがないよう、両腕を自分の身体に引き寄せて、俺は駅へと急ぐ。

街の平和より、個人の——自分の平穏だ。万引きにしろ、通り魔殺人にしろ、他人のことにかまっている余裕はない。

大学生には、考えなければいけないことがたくさんある。たとえば、次の長期休暇に何のバイトを入れるかとか。

俺の幻視が始まったのは、小学校に入ったばかりのころだった。

何の前触れもなかった。

伯父が、伯母とは違う女性と一緒にいるところが視えた。

ちょうど遊びに来ていた伯父と、家族で一緒に食事をしているときだった。トイレに立った伯父が自分の横を通り過ぎるとき、身体が触れ、突然視界が切り替わったのだ。

伯父といたのは知らない女性で、泣いているようだった。伯父は親しげに彼女の背中に腕を回していた。

視えたものが一体何なのか――その意味はもちろん、何故視えたのか、それが幻なのか現実なのかもわからなくて、混乱したのを覚えている。想像にしてはリアルすぎ、白昼夢にしては一瞬で。

夢から醒《さ》めたような感覚で、すぐには頭が切り替わらなくて、トイレから戻ってきた伯父に「さっきの人は?」と訊《き》いたら、不思議そうな顔をしていた。

「髪が短くて、耳に青い三角つけてる人」

俺がそう続けると伯父は血相を変え、俺を廊下へ連れ出した。

「三角のピアスの女の人がいたのか?　いつだ?　どこにいたんだ?」

おじさんと一緒にいた、と俺が言うと、伯父は少しほっとしたようだった。彼女が今近くに来ているわけではないとわかったからだろう。

「おじさん、あの人とケンカしたの？」

「会社の人だよ。仕事のことでちょっと叱ってしまったから、それを見られてしまったのかもしれないな。秘密にしておいてくれよ、皆に、俺が意地悪な人みたいに思われたら嫌だからな」

伯父に言われて、俺は素直に頷《うなず》いた。

俺が伯父と女性が一緒にいるのを視たのはたった今だったし、そのときの伯父と今の伯父と服装が違っていたから、何かおかしいとは思っていた。しかし、伯父がこの話をしたくないと思っているのは伝わってきたから、それ以上は言わないでおいた。

座ったままうたた寝して、いつかどこかで見たもののことを今思い出したのかもしれないと、無理矢理自分を納得させた。

伯父も、やぶへびになることを恐れてだろう、いつどこで見たのだ、と追及することはしなかった。

後で知ったことだが、伯父は当時会社の部下と不倫関係にあり、ちょうどこのころ、別れ話がこじれていたらしい。数日後に伯父がその女性に刺されて病院に運び込まれる事態になり、発覚した。

それでも、まだ、そのときは、自分に何が視えているのかを理解できていなかった。

ただの白昼夢などではないと気づいたのは、何度か同じような経験を繰り返した後だ。

今では慣れたもので、視えても「来たか」と思うだけになった。子どものころよりは頻度が高くなったが、それでもそうしょっちゅうに視えるわけでもない。

視ようと思って視られるものではなく、法則性も感じられない。他人との接触がきっかけになっているらしい。衣服の上からの接触でも視える。一瞬触れただけでも視えてしまうことがあるが、意識して別のことを考えれば視えなくなる。

どうも、悪いこと——人が秘密にしたいような何かが視えることのほうが、多い気がした。人の後ろ暗い気持ちが引き金になって幻視が起きるのか、幻視自体にきっかけはなく、突発的で、そもそも幻視がそういうもの——悪いことばかりが視えるものなのか、そのあたりのことはわからない。

しかし、盗み見をしているようで気分が悪いし、他人の後ろ暗い秘密なんて知りたくもない。他人には視たもののことを言えないし、友人や家族の悩みを知ったところで、何ができるわけでもない。この体質——能力には、うんざりしている。

超能力を活《い》かして犯罪捜査、とか、政府に雇われて活躍、というような妄想を、まったくしなかったわけではないが、コントロールができない以上、役に立つような能力ではないのだとわかってあきらめた。そもそも、役に立ちそうなものが視えた試しもない。

それどころか、幻視のことを知られたら、政府の秘密機関だとか、怪しい研究所だとかに連れて行かれて、開頭手術をされたり脳に電流を流されたりするに違いないと怯《おび》えていた時期もあったが、やがて、俺さえ誰にも話さなければ、他人に知られることはないのだと気がついて落ち着いた。

一時期、超能力について調べたとき、こういった能力は子どものうちのほうが強く、成長するにつれて弱まる傾向があるという記事を読んだ。いずれ消えてくれるのではと期待したが、二十歳を超えた今もその気配はない。それでもなんとか、だましだまし、折り合いをつけてやっている。

いつ、何が視えるかを選ぶことはできないが、今は子どものときとは違い、何か視えてしまったとしても、それ以上視ないようにすることができるようになった。それだけでも随分生きやすくなった。持病の発作のようなものだ。起きそうになったら、人から離れて安静にする。そうやってやりすごせば、やがて日常に戻れる。

視てはいけないものが視えそうになったら、急いでアンテナと目を閉じる。視てしまっても、視なかったふりをする。

教室の備品を壊した犯人が誰かわかっても、行きつけのカフェの店員が恋人にＤＶをしていると知ってしまっても。

駅を出て、大学の反対側へ少し歩くと、都内のホームレスのために炊き出しや物資の援助、就業支援などを行っているNPO法人「ひだまり」の事務所がある。

同じ高校出身で、大学も一緒の後輩がそこでボランティアをしていて、俺も一度、炊き出しの手伝いをしたことがあった。頼まれると嫌と言えない、というより、嫌だと言ったはずなのに聞いてもらえず、いつのまにか流されているのが俺という人間だ。後輩はそんな俺の性格を理解していて、炊き出しの手伝いのほかにも、飲み会の頭数が足りないと呼び出したり、サークルの買い出しに行くときのボディガード兼荷物持ちを押し付けたり、頼みごとをしてくることが何度かあった。

いいように使われているという自覚はあったが、自分のように内向的な人間は、そういうことでもないと社会との接点がなくなってしまいがちだとわかっているので、面倒臭いと思いながらもつきあっている。

「ひだまり」の事務所はホームレスたちの交流のためのセンターも兼ねていて、月に一度、大人数であたたかいものが食べられるよう、食堂として開放もしている。そちらも、先週、一度だけ呼ばれて手伝った。

長いつきあいの後輩に頼み込まれて断れなかったが、ボランティアなんて柄じゃないから、もう二度と行くこともないだろうと思っていたら、数日経《た》って、事務所に傘を置き忘れたことに気がついた。

というより、後輩――真野莉子《まのりこ》から「先輩のじゃないです？」と、事務所の傘立てに残った俺の傘の画像つきメッセージで指摘されたのだ。

手伝いのために事務所に顔を出したときは雨が降っていたが、帰るころには止んでいたので、すっかり忘れてしまっていた。

安物だが、一本しかない傘だ。大学の帰りに、取りに寄ることにした。

「ひだまり」の事務所の壁は温かみのある茶色で、誰でも入って来やすいようにという配慮からか、入り口は大きなガラスドアになっている。

ビルの上階だとホームレスの人たちが訪ねにくいから、道路に面した一階に入り口があるのは大事なのだと、以前真野が言っていた。

建物の目の前の横断歩道で、信号が変わるのを待っていると、真正面に見えるガラスドアが開いて、若い男が出てきた。ホームレスには見えないから、スタッフだろうか。見覚えのない顔だ。少なくとも、俺が炊き出しや食堂を手伝ったときにはいなかった。

黒いパンツにグレーのトップス、その上にジャケットを着て、長めの髪は青みがかったアッシュグレーに染めている。バンドでもやっていそうな目立つ外見は、一度でも見たことがあれば、憶えているはずだ。

自分とは縁がなさそうなタイプだな、と思っているうちに信号が青になり、俺と男は同時に歩き出し――横断歩道の途中ですれ違うとき、ほんのわずかに肩が触れた。

視界が一瞬で切り替わる。


夜だ。

黒っぽい水たまりの中に、投げ出された誰かの脚。靴の先に飛沫《しぶき》が飛んでいる。血だ。水たまりを作っているのも、脚の持ち主の血液だ。気づいたとたんに、脚だけでなく身体全体が視えた。

丈の長い、茶色いコートを着て、ニット帽をかぶった男だ。壁に背を預けて座り込み、首は力なく項垂《うなだ》れている。ぴくりとも動かない。死んでいる。半開きになった口元にも、血が飛んでいた。

男の左脇腹が赤黒く染まっている。血だまりは、そこから流れ出た血によるものらしかった。そのほかにも、刃物で切り付けられたらしい傷口が何か所か、斜めに身体を走っている。特徴的な傷だ。テレビでも報道されていた、複数の切り傷。伸ばしっぱなしの、白髪まじりの髭《ひげ》にも血がついていた。

目を背けたくなる死体の前に、視点の主は、じっと立っている。すみずみまで舐《な》めるように、血まみれのその姿を凝視している。


いつもの癖で、とっさに、何も考えず俺はアンテナを閉じ、意識を引き戻す。夢から覚めようとするときのように。

おそらく二、三秒で俺の意識は現実へ戻った。信号もまだ青だ。

——今のは。

信号が点滅を始める前に慌てて横断歩道を渡りきり、おそるおそる後ろを見る。

アッシュグレーの髪の男は、振り向かずに歩き去るところだった。軽い足取りで、上機嫌に見える。

まだ、数メートルの距離だ。今から走って追いかければ追いつけるだろう。しかし、追いついてどうするのか。

迷っているうちに、男の姿は見えなくなった。

俺は、横断歩道の前に立ち尽くし、息を吐く。

――あれは、死体だった。それも、一目で他殺体とわかる。

とっさに「閉じ」てしまったから、一瞬だったが、間違いない。

注意してニュースを観ていたわけではないが、刃物で切り刻まれた傷という点は、連続通り魔事件の被害者と一致している。

ということは――たった今すれ違ったあの男が、連続通り魔事件の犯人なのか。

俺と変わらない年齢の優男《やさおとこ》で、一見して、とても殺人鬼には見えなかったが、死体の前にいた以上、そういうことになるのだろう。

何かの間違いかもしれない。

たとえば、俺が幻視したのは、映画のワンシーンだったとか……しかし、だとしたら、視点の主――あのアッシュグレーの髪の男が死体を間近に見ていたのはおかしい。彼が役者で、俺は撮影中のシーンを視たという可能性もゼロではないが、あの場に撮影スタッフらしい人間はいなかった。

それにあの死体は、作り物には見えなかった。

本物の死体なんて見たことはないから断言はできないが、まず間違いなく、あれは通り魔殺人の被害者で、あの男はその犯人なのだろう。

本物の死体。切り刻まれた。それが目の前にあった。幻視とはいえ、その生々しさに呼吸が止まった。しかも、その犯人と、俺はすれ違ったのだ。

動悸《どうき》がまだおさまらない。ゆっくりと深呼吸をして、気持ちを落ち着ける。

あのまま行かせてしまってよかったのだろうか。あの男を追いかけて素性を突き止めれば、事件解決の役に立ったのだろうか。

しかし、匿名で警察に通報したところで、信じてもらえるかは大いに疑問だ。

いつどこで事件が起きたのかも知らない俺が、何のディテールも伝えず、ただ単に「事件現場でこいつを見た」と言ったところで、信用性は低い。いたずらだと思われるのがオチだ。それでもしも警察が動いてくれたとしても、根拠が匿名の通報だけでは、せいぜい本人から事情を訊くことくらいしかできないだろう。それは、むしろ、あの男を――犯人を警戒させることになってしまうかもしれない。証拠を隠滅されて、そのせいで事件解決が遠のくかもしれないし、最悪の場合、誰が通報したのかを探られて、俺に危険が及ぶようなことにもなりかねない。

やはり、何もしないのが一番だ。

そう自分を納得させながら、本当はわかっていた。

とっさに、かかわりたくないという気持ちのほうが勝ったのだ。

殺人犯は怖いし、責任を負いたくないし、幻視のことを他人に知られるようなことはしたくない。変人扱いもされたくない。

犯人には見つからなかったとしても、通報したのが俺だと警察に知られて、何故そんなことを知っているのか、何故匿名で通報したのか、と追及されたら、平穏な日々は失われ、二度と戻ってこないだろう。

とにかく目立つことはしたくない。

俺は駄目な奴だな、と自分自身にがっかりしたが、時間を戻してやり直せるとしても、俺はあの男を追いかけたりはしないだろう。

俺がこうなのは、今に始まったことでもない。

視えたからといって、俺に何ができるわけでもない。

俺は大きく息を吸って吐き、心を落ち着けて、「ひだまり」のガラスドアを開けた。

今日は、食事会や交流会といったイベントは催されていないようだ。

俺が「こんにちは」と声をかけると、広いテーブルにノートパソコンを置いて何か作業していたらしい真野莉子が、ばね仕掛けのおもちゃか何かのようにぱっと立ちあがる。

「あっ久守《くもり》先輩や。お疲れ様です！」

東京生まれ東京育ちだが、両親がともに関西人だという真野は、たびたび言葉に関西弁が混じる。いつ会っても朗らかで、俺のような根暗な男のことを先輩先輩と慕ってくれるのはありがたいのだが、小柄な体のどこにそんなパワーが、と思うくらいエネルギッシュで、俺は圧倒されてばかりだ。

高校のときに短期間、同じコンビニでバイトしていたことがあり、それをきっかけに話すようになったのだが、彼女は本当なら俺とは交わらなかったはずの世界で生きている人種だ。ひまわりとヌメリスギタケ（菌類スギタケ科）くらい、タイプが違う。

真野はパーソナルスペースが狭いらしく、気安くスキンシップをしてくるが、彼女に触れて幻視が起きたことはこれまで一度もなかった。後ろ暗い秘密がないからだろう。そんな人間は珍しい。そういう意味でも、真野は貴重な友人だ。もしかしたら、彼女が聖人君子というわけではなく、触れても視えないのは体質的なものか、たまたまかもしれないが、そうだとしても、一緒にいるときに身構えなくていいのは気が楽だった。

「うん……お疲れ様。邪魔して悪い。傘、とりに……」

「あれ、先輩、何か元気ない？　いつものことと言えばいつものことだけど」

目が死んどるよ、と真野は失礼なことをずばりと言った。遠慮のない物言いでも、彼女自身がからっとしているので、人に嫌われないのが得な性分だ。

「ほっといてくれ……覇気がないのは生まれつきなんだ」

「そんなわけないでしょ、何言ってるん。赤ちゃんのときから覇気がないとか……あはは、想像しちゃった、覇気がない赤ちゃん！　目がすんってなってる赤ちゃんのころの久守先輩、あ

「ははは」

「真野はいつも楽しそうでいいな」

ため息まじりに言った。

殺人犯とすれ違ったり死体を幻視したり、自分に失望した後だからなおさら、明るい笑い声に救われる気がする。

真野はひとしきり笑った後、奥の事務スペースへ行き、俺が忘れていった紺色の傘を持って来てくれた。持ち手のところに、「くもりセンパイの忘れもの」と、黄色い付箋が貼ってある。

真野は俺に傘を渡す前にそれに気づいて、付箋を剥《は》がし、「ちゃんとのけといたんだよ」と言った。

今は、事務所には彼女ひとりしかいないようだ。来客があったときのために、奥の事務スペースではなく、手前のラウンジで作業していたのだろう。

俺は礼を言って傘を受け取る。

「今そこで、ここから出てきた人とすれ違ったけど。新しいボランティアの人？」

さりげない風を装って訊いてみた。

アッシュグレーの髪は、真野の印象にも残っていたらしく、彼女はすぐにああ、と頷く。

「うん、候補っていうか……とりあえず、活動内容のパンフレットとボランティア募集のチラシ渡しといた。炊き出しの記事とか見て、活動に興味を持ってくれたみたいなんやけど、どうかなあ。男性のボランティアは助かるし、来てくれるといいなあ」

まだ正式にボランティアに申し込んだわけではなく、検討中の段階ということらしい。

通り魔事件の一人目の被害者は若い女性だったが、二人目の被害者は、ホームレスの男性だったと報道されていたはずだ。その犯人と目される男がホームレス支援のＮＰＯ法人に興味を持っているというのは、いかにも不穏だった。

偶然とは思えない。しかし、真野に警告しようにも、何と言えばいいのかわからない。「あいつは嫌な感じがしたから、採用しないほうがいい」――根拠もなくそんなことを言っても、俺が怪しまれるだけだ。冴《さ》えない男のやっかみだと思われて終わりだろう。

適当に根拠をでっちあげるのもリスクが大きい。たとえば俺が「あの男が悪事を働くのを目撃した」と言えば、真野は本人に確認するかもしれない。俺が何かを知っているとあの男本人に悟られることは、絶対に避けなければならない。

これまで、何か視て、相手が危険な人間だとわかったときは、とにかく距離をとるようにしていた。近づかない。解決しようとか人を助けようとか、そんなことは考えない。そうすれば平穏な日々は続いていく。

小学生のころ、野良猫を虐待している犯人を知ってしまい、うっかり「近所の中学生だ」と友達に口を滑らせたら、それが噂《うわさ》になって、当の中学生が目撃者捜しを始めたことがあった。「自分も誰かに聞いただけだ、誰からだったかは忘れた」とごまかしたが、あのときはずいぶん肝を冷やした。

それ以来、俺は悟ったのだ。自分に視えるもののことは知られてはいけないし、誰かに話しても信じてはもらえないし、視えたものを根拠に何かしようとしてもいいことはない。

俺は適当なことを言って、真野との会話を切り上げた。

もう一度傘の礼を言って、事務所を出る。

あの男の顔は憶えた。髪色も特徴的だから、また会うことがあればすぐにわかるだろう。

危険を避けるには、とにかく、近づかないことだ。

他人のことまで考えている余裕はない。

連続殺人という事件の重大性を考えると、本当にそれでいいのか、と罪悪感で胸がちりちりするが、正義感にかられて似合わないことをすれば、自分の首を絞めることになる。

そもそも、匿名で警察に通報しようにも、俺は彼の名前も、どこに住んでいるのかも知らないのだ。

俺は、あの男とすれ違った横断歩道を再び渡り、駅へと向かう。

いずれニュースで、連続殺人犯として、彼の顔写真を見る日が来るのだろうか。

情けないが、一日でも早くその日が来ればいいと祈る以外、俺にできることはない。

＊　＊　＊

死体を幻視してしまってから、一週間が過ぎた。俺は通り魔殺人のニュースを、以前より注意して観《み》るようになっていた。

一人目の被害者は家出してネットカフェを泊まり歩いていた十代の女の子で、二人目の被害者は、六十代のホームレスの男性だった。二人とも、致命傷となる傷とは別に、身体の表面を何度も切りつけられていたという。

俺の視た死体と、状態は一致する。

やはり俺が幻視したのは、通り魔にやられた被害者の姿だったようだ。

あれから新しい被害者が出たという報道はない。

そしてまだ、犯人がつかまったという知らせもない。

「あっ、久守先輩発見！」

食堂に向かって大学の構内を歩いていたら、真野に見つかった。

挨拶がわりなのだろう、「どーん」という自前の効果音とともに肩からぶつかってくる。真野は小柄なので大した衝撃はなかったが、俺はよろけて半歩分後退した。

いつものことなので、危ないだろ、と注意するのも面倒臭い。

「三日ぶりやね」

にこにこ笑う真野は今日も元気そうだ。ショートボブの髪に、デフォルメされた猫の髪留めをつけている。似合ってはいるが、カジュアルな服装や童顔とあいまって、大学生には見えない。下手をすれば中学生くらいに見えるが、俺は女子のファッションに口を出すなんて命知らずなことはもちろんしない。

ああ、と生返事をした俺に気を悪くした風もなく、彼女はぱちんと顔の前で両手を合わせた。

「来週、中央公園に物資配りに行くんやけど、先輩、手伝ってもらえんかなあ。その日、参加できそうなボランティアが少ないんよ」

またか。

俺なんて、見るからにボランティア向きの人材ではないと思うのだが、おそらく、友達がいなくて暇そうだと思われているのだろう。間違ってはいない。

「……新しいボランティアとか、入れる予定はないのか？」

「なかなかねー。募集は出してるんだけど」

ということは、あの男は今のところ、正式なボランティア登録はしていないということだ。

少しほっとしたが、あれからまだ一週間だ。これから登録しに来るかもしれない。油断できない。

「あ、でも、前にチラシ渡した人が、一人ボランティア希望で来てくれてね、今日センター長と面接なんだ。私が受け付けたんだけど」

男の人だから助かる、と真野が嬉《うれ》しそうに言うのを見て、早速嫌な予感がした。

「その人が採用決定になって、来週参加できるってことだったら、先輩にお願いしなくても済むんやけど……まだわからないからさ」

やはり――おそれていたことが現実になってしまいそうだ。

殺人犯は、たまたま、一度だけすれ違っただけの存在ではなくなった。

奴はこれから、真野のボランティア先に定期的に出入りするようになる。それも、おそらく、明確な意図を持って。

俺は、真野の肩に手を伸ばした。初めて、意図的に、触れるために。

とん、と指先が触れる。

何も視えない。

「先輩？」

「あ……ゴミ。ついてたから」

ありきたりなごまかしだったが、真野は疑いもせず、ありがとうと言った。

真野自身に後ろ暗さはなくても、あの男とかかわったことが「悪いこと」なら何か視えるかもしれないと思ったのだが、やはりだめなようだ。

「その人って、こないだ俺が傘取りに行ったときに来てた奴？　何か……その、かっこいい感じの。バンドとかやってそうな」

「あ、そうそう！　その人。昨日、また来てくれたんだ」

真野は顔を輝かせた。

俺が「ひだまり」に興味を持っているような素振りを見せると、彼女はいつも嬉しそうにする。

「ああいう奴がボランティアって、ちょっと意外な感じだな」

「美大生なんだって。色んな経験したいからって言ってた」

「へえ」

本当の目的は別にあるだろう。おそらく、次のターゲットを決める参考にするためだ。近隣のホームレスたちの行動パターンを把握して、襲いやすい相手を見定めようと考えている、とか。

つまり、まだこれからも、犯行は続く。それも、真野が一生懸命支援活動をしているホームレスたちが狙われている。以前俺が配った炊き出しの食事を食べていた人たちが、被害者になるかもしれない。

「真野は、今日も事務所に行くのか？」

「うん、大学終わったら行くよ。その人が採用かどうかも今日わかるはず」

自分の安全のためには、かかわらないのが一番だ。

脅威が生活圏内に入りこんでくるのなら、なおさら意識して、こちらから距離をとらなければ。「ひだまり」には近づかないようにして、頼まれてもボランティアなんて絶対にしないで、真野とも距離を置いて。

自分一人の身を守るためには、それが一番賢い。殺人犯に顔や名前を認識されるなんてことは、もっとも避けなければならない。万が一にも目をつけられることのないよう、とことん接触を回避するべきだ。

しかし、あの男の素性がわかったら——それを、警察に伝えることができる。

どこかにいる誰かではなく、顔も名前もわかった殺人犯なら、法で裁くことができる。俺がこの手でつかまえる必要などないのだ。こいつが犯人ですと、警察に通報するだけでいい。

俺の好きな言葉は平穏無事で、自分が一番可愛いのは変わらないが、できることがあるのにこのまま何もしないのは、いくらなんでも寝ざめが悪い。万引きや不倫とは話が違う。しかも相手は、まだこれから、犯行を続ける気満々なのだ。それも、この町で、俺のすぐ近くで。

正義のために殺人鬼に立ち向かおうなどという気概は俺にはないが、それでも、匿名で通報するくらいならできる。

あいつが殺人鬼だと知っている人間は、俺しかいない。

これまでの殺人を償わせることができるのも、これからの殺人を止めることができるのも。

「その人が採用になったらいいけどさ、ダメだったら、先輩、来週の土曜日……考えといてくれないかな。私も、先輩が一緒だと楽しいし」

真野がもう一度手を合わせて、下から俺を覗き込んでくる。

俺が、わかった、と答えると、真野はちょっと意外そうにした。いつもはもっと渋るからだろう。渋っていても、結局、なし崩し的に手伝う方向に持っていかれるのだが。

さっすが先輩、頼りになる！　と言って、真野が俺の腕を叩《たた》いた。

割と痛い。

＊　＊　＊

今日も空は曇っている。

午後の大学の講義が終わってすぐ、俺は「ひだまり」へと向かった。

あの男が面接に来る時間は聞いていないが、面接が終わった後だったとしても、素性を知ることさえできればいい。むしろ、顔を合わせずに名前や住所だけ知ることができれば、そのほうがよかった。今はまだ、何も知らないふりをして殺人鬼と対面する心の準備ができていない。

自分に視えているもののことを隠し、相手の秘密を知らないふりをしたまま、表情を作って他人に接することには慣れている。いつもそうしてきたのだ。

高校生のとき、初めてできた彼女が、バイト先の先輩と俺で二股をかけていることを知ってしまったときだって、俺は激高したりしなかった。素知らぬふりをして、なんとなく彼女の心変わりを感じた、という流れで別れ話に持って行き、修羅場を回避した。

そんな俺でも、さすがに殺人鬼を前にして平静を装えるかどうかは自信がない。

とはいえ、あの殺人鬼の居場所が確実にわかるのは今日だけかもしれない。

覚悟はまだできていなかったが、とにかく、まずは行動だ。

考える前に動く、なんて我ながら自分らしくない行動だったが、俺の性格上、考え始めてしまうと、「嫌だなあ」となって足が止まるのは目に見えている。今はむしろ、後先を考えないで動くべきだ。

午後四時少し前に、「ひだまり」に着いた。

正面玄関から入ってすぐのところにラウンジがあり、右奥にパーティションで仕切られた相談スペース、左奥にデスクワークをする事務スペースがある。

相談スペースに、センター長の加地《かじ》と真野の姿が見えた。ちょうどパーティションの陰になっていて見えないが、おそらく、あのアッシュグレーの髪の男は彼らの向かいに座っているはずだ。

ボランティアの面接があるからか、今日は事務所に人が多い。面接対応中の二人のほかにも、事務スペースにスタッフが二人いた。知り合いがいたので、挨拶をして、真野に用があるので面接が終わるまで待ちます、と伝えた。

相談スペースが見える場所に座ろうと思ったのだが、どの席からも、パーティションで隠されたところは見えないようになっていた。プライバシーを守るために、そういう形にしているのだろう。

あきらめて、ラウンジの端の席に腰を下ろす。

面接が終わったら真野に何と声をかけようか、考えた。

あの男がいなくなるのを待って、面接結果を訊いて……彼が採用になったとわかったら、俺もボランティアに参加すると伝えるのが、一番自然だろうか。あの男と現場で一緒になることになれば、まずは名前がわかる。ボランティアの申込書を盗み見ることができれば、男が採用でも不採用でも、その名前や住所の情報を入手できるから、それができれば一番なのだが、今は個人情報の管理が厳しいから、そう簡単にはいかないだろう。

いっそ真野に事情を話して――幻視のことは伏せて、あの男が凶悪な犯罪者なのだということだけを伝えて、協力してもらえれば早いのだが、信じてもらえなかった場合、個人情報を手に入れるチャンスはなくなってしまうし、万一俺が何かを知っているらしいと本人に伝わるようなことがあれば、身の破滅だ。

一方で、真野が俺を信じてくれたとしても、彼女を危険にさらすことになりかねない。

どちらにしても、リスクが大きすぎる。やはり、他人を巻き込むことはできない。どうにかして俺が直接あの男に接触して、怪しまれないように情報を引き出すことを考えなければ。

表面を取り繕うことだけは得意だが、そこから一歩踏み込んで他人と仲良くなる、というのは俺にはハードルが高い。しかし、特別親しくなる必要はないのだ。大体の住所がわかれば、「このエリアに住んでいるアッシュグレーの髪の男を犯行現場近くで見た」という情報提供はできる。

しかし、その程度の曖昧な、それも匿名での情報提供を、警察は真に受けるものだろうか。いたずらだと思われるのではないか。

となると、ある程度の具体的な情報、それも、警察が信じざるを得ないような、実際に目撃した人間しか知りえないような情報を提供することが必要だ……。

考えを巡らせていると、どこかで、「あの、すみません」と声が聞こえた気がした。

続いて、「先輩」と呼ぶ別の声も。

もしかして俺を呼んでいるのか？　と気づいた次の瞬間、とんとん、と誰かが俺の肩を指先で叩いた。

そして、何の前触れもなく視界が切り替わった。


クリーム色のニットに埋まったナイフが、引き抜かれるところが視えた。

反射的にアンテナを閉じようとしてしまうのを、ぐっと抑え込み、視えるものに集中する。

刺された本人の手が傷口に触れ、出血を確認するように血まみれの手のひらが開かれる。

薄暗くてよく視えないが、若い女性のようだ。カジュアルな、ミリタリー風のコートを着ていた。前回の幻視の中で死んでいた男とは別の誰かだ。

血に濡《ぬ》れたナイフの柄を握るのは、カーキ色の袖から伸びた手。視点の主の手だ。

視えたのは一瞬だが、素手のようだった。

被害者は襲撃者に背を向け逃げ出すが、ふらふらと足元がおぼつかない。壁の前で倒れる。それから、這《は》うようにして殺人者から遠ざかろうとする。すぐ先にはコンクリートの壁。

被害者の顔は視えない。

けれどこの後、彼女がどうなるのかを、俺は知っている。


「先輩、先輩ってば」

俺ははっとして振り向いた。

驚くほど近くにアッシュグレーの髪が見えた。

あの男と、真野が、俺のすぐ後ろに立っていた。

「これ、あなたのじゃないですか？」

男が差し出しているのは、間違いなく俺のスマートフォンだ。

落ちていたのを拾ってくれたらしい。

何度も声をかけられたのに、俺は気づかなかったようだ。

「すみません、……ぼうっとしていて。俺のです。ありがとうございます」

幸い、いつも通りの声が出た。

突然声をかけられて驚いて、自分の失態に気づいて焦っている、陰気な男の態度としては普通なはずだ。きっと、怪しまれてはいない。

まだ心臓はドキドキしている。

何度も視たいものではなかったが、貴重なチャンスだ。

——もう一度。

普段はコントロールできない能力だが、きっと視えるはずだ。

今日は「視えやすい日」で、たった今幻視が起きたばかり——今なら、アンテナが開いている。

俺は手をのばし、男からスマートフォンを受け取った。そのときわざと、彼の指先に触れる。

期待した通り、視界は再び切り替わった。


血まみれで倒れている男が視える。茶色いコートにニット帽。どうやら、俺が最初に視た被害者のようだ。

動かなくなった被害者の前に、視点の主は立っている。見下ろした自分の身体はカーキ色のモッズコートを着ていて、その手には、もうナイフは握られていない。ちょうどナイフをしまったところなのか、その手は斜めがけにした黒いボディバッグの中に入っている。

彼は死体に近づき、美術品でも鑑賞するかのように、しばらく熱心に眺めてから、数歩後ろへ下がり、バッグから何かを取り出そうとする――

そこで、幻視は終わる。

「……すみません」

スマートフォンをしまって、俺がもう一度礼を言うと、男はにこっと笑って、「いえ」と言った。俺とは違って、他人とのコミュニケーションを苦に思わないタイプの人間だ。自然な発声と、笑い方でわかる。

感じがよかった。ただその笑顔だけで、好感を持ってしまいそうなほど。

――でも、こいつは殺人犯なのだ。

男は真野に「それじゃ」と会釈して、ガラスドアから出て行った。

「……今の、新しいボランティアの人か？」

「そう！　佐伯《さえき》さん。本日めでたく採用となりました！」

やったね、と言って真野は両腕でガッツポーズをする。

加地が上機嫌で、「男手、確保したぞー」と、事務スペースのスタッフたちに発表しているのも聞こえた。ぱらぱらと拍手が起こっている。

「先輩はどうしたん？　もう忘れ物はないよね」

「いや……」

俺はあの佐伯という男が出ていったほうを見る。

ボランティアとして採用されたなら、これからも接触するチャンスはあるだろう。

今、慌てて追いかけなくても、これきりということはない。

――しかし、あいつがいつまた、次の被害者を襲うかわからない。

ガラスごしに、横断歩道の前にいる佐伯の後ろ姿が見えた。信号待ちをしているようだ。今ならまだ、追いかけられる。

「……ボランティア、もし決まらなかったら、来週手伝えるって言おうと思って来たんだけど。見つかってよかったよ。じゃあ、俺、帰るから」

「えっ、それでわざわざ⁉　久守先輩優しすぎ、めっちゃいい人！」

素直に感動している真野には悪いが、今はそれどころではない。

信号が青になり、佐伯が歩き出すのが見える。

俺はそそくさと事務所を出た。真野は、俺が照れているのだと思ったかもしれない。

俺が挙動不審なのはいつものことなので、それほどおかしいとは思われなかったはずだ。

ガラスドアが閉まる前、「先輩、ありがとね！」と声が聞こえたので、俺は片手をあげて応えた。

横断歩道の向こうに、佐伯が見える。俺は車道を挟んだ道の反対側から、佐伯の進行方向へと歩いた。もう少し先にも、横断歩道はある。そこで反対側へ渡ればいい。

幸い、佐伯は角を曲がったところで、次の信号につかまった。

俺は無事横断歩道を渡り、数メートルの距離を開けて佐伯の後ろをついていく。

経験上、俺の能力は、同じ人間に連続して触れて幻視をしても、前に視たものの続きが視られるとは限らない。まったく関係のない別の風景が視えることもある。その証拠に、さっき背中を叩かれたときに視たのは、女性の被害者が殺されるところだったが、その後すぐにまた佐伯に触れたときに視えたのは、別の男性の死体だった。

しかし、俺が視るのは、相手が隠しておきたい何かであることが多いようだから、佐伯を幻視すれば、事件に関係する何かしらの情報は得られる可能性が高かった。

まずは、少しでも多く情報が欲しい。

前を行く佐伯の足取りは軽く、浮かれているようにさえ見えた。首尾よくボランティアに採用されて、ターゲット探しが楽になると思っているのかもしれない。

彼は歩きながらあちらこちらへ視線を投げ、花屋の店先を覗いてみたり、スーパーの店先につながれた子犬を撫《な》でてみたりしている。

何というか、実に楽しげだ。鬱々としたところが全くなく、どう見ても連続殺人犯には見えない。彼が逮捕されたら、間違いなく近所の人たちは「まさかそんなことをするような人には」とコメントするだろう。

レンタルDVD店に入った佐伯を追いかける。配信が主流となった今、CDやDVDをレンタルするのは珍しい……と思っていたら、彼はレンタルではなくセルDVDのコーナーへ向かった。実物をコレクションしたいタイプなのだろうか。

通り過ぎるふりをして、彼が手にとったDVDを盗み見ると、おどろおどろしいパッケージのスプラッタホラーだった。

佐伯は犬を撫でていたのと同じ笑顔で、鼻歌を歌いながらホラー映画を物色している。自分が手にかけた被害者の遺体を前にしているときも、こんな表情を浮かべていたのかもしれない。そう思って、薄ら寒いような気になった。

佐伯はその後大型書店に立ち寄り、海外のアーティストのものらしい画集を立ち読みした後、ミステリ小説の文庫本を一冊買った。特に、不審な動きはない。

それから後は寄り道もなく、十分ほど歩いた。先ほどまでの、あちらへふらふら、こちらへふらふらといった歩き方ではなくなっていたから、どこかはっきりした目的地があるようだ。

駅から離れるにつれ、人通りが少なくなってきたので、尾行にも気を遣う。

○4○

佐伯は尾行されていることに気づく様子もなく、陶器の専門店とアンティークの家具屋の間にある、こじゃれた建物に入って行った。

「アートギャラリー扉」と、金属のプレートがかかっている。

入口のドアはガラス製で、中が見えるようになっていた。

外から覗くと、中は絵葉書のようなDMと芳名録が置かれた小さな丸テーブルと、椅子が一脚置いてあるだけのシンプルな内装で、真っ白い壁に何枚もの絵が掛けられているのが見えた。

画廊、というやつだろうか。なじみがないどころか、生まれてこのかた足を踏み入れたことがない類の施設だ。俺に絵画を鑑賞する趣味はないし、投資用に購入するような資金力もない。

何かの展示をやっているようだが、人はあまり入っていなかった。

佐伯は入り口のガラスドアからは見えない奥のほうまで躊躇《ちゅうちょ》なく進んでいく。行きつけの画廊を持つ同年代。世界が違う。

俺はしばし、中に入ろうかどうか迷った。

CDショップや本屋と比べると、客のふりをして入るには若干ハードルが高い。客が少ない分目立ちそうだし、佐伯に顔を見られてしまうことも避けられないだろう。しかし、逆に言えば、「共通の趣味を持つ者」を装って話しかけるチャンスでもある。

本人とはこれ以上接触しないまま、彼の行動を見張ることでどうにか殺人の証拠となるようなものを見つけられないか、という甘い考えを捨てきれないままでいたが、このまま尾行をただ続けても得るものはなさそうだ。もう一歩踏み込んでみるしかない。それに、佐伯に近づくためには、彼の好きなものについても知っておいて損はない。

よし、と心を決める。

ドキドキしながら、俺はガラスドアを開け、ギャラリーに足を踏み入れた。

入口から入ってすぐのところに四角い展示スペースがあり、その奥に通路がある。通路の壁にも、絵が掛けられていた。通路を進んだ先にも展示スペースがあるらしい。佐伯は、奥から展示を見て回っているのだろう。

展示スペースの壁の上部に、今日の日付と時間が映し出されていた。最初はそれも何かの作品なのかと思ったが、反対側の壁際を見ると、プロジェクタークロックが置いてある。さすが、画廊は時計までしゃれている。

俺はなるべく自然に、普通の客に見えるよう、入口の近くに飾ってあるものから順番に目でなぞるようにしながらゆっくりと歩いた。

飾られているのは、モチーフはばらばらだが、どことなく不穏な空気を感じる絵ばかりだ。それなのに、何故か惹《ひ》きつけられる。

円を重ねた模様だと思ったら、眼球の拡大図で、黒目の部分に女性の後ろ姿が映っていたり、濁った水だか霧だかのような色の中に、うっすらと人影のようなものが滲《にじ》んでいたり——真っ白な箱のような部屋の床に、赤い飛沫と、楕円形の爪が一枚、落ちているだけの絵もあった。中には、作品名の札の上に赤い丸いシールが貼ってあるものもある。おそらく、売約済という意味だろう。

一枚だけ、一面真っ青な空を描いた絵があり、普通の絵もあるじゃないかと思ってタイトルを見たら、「殺人者の晴天」とあった。やはり、一筋縄ではいかない印象だ。

俺と、奥へ行った佐伯のほかにも、若い女性の客が一人いて、熱心に絵を眺めていた。

彼女は一枚の絵の前で足を止め、そこから動かずにいる。札に書かれた作品名は「喪失」、ここに飾られている中では一番大きな一枚で、目を開けたまま水中に沈んでいる男の絵だ。

男の裂けた腹から血がたなびいていると思ったら、それがいつのまにか何匹もの赤い金魚になっていた。透明感のある水と赤い色のコントラストは鮮やかできれいだったが、生きているのか死んでいるのかわからない男の目を見ていると、落ち着かない気分になる。

きっと、そこが魅力なのだろう。

俺は彼女の後ろを通り過ぎ、奥へと進んだ。

やはり短い通路を抜けたところにも、絵を展示するスペースがあった。右手の壁際に絵の購入手続きをするためと思われるカウンターがあって、初老の男性が座っている。画廊のオーナーだろうか。佐伯は、男性と何やら話をしている。

俺は、横目でそれを確認しつつ、熱心に絵を見ているふりをした。

目の前に掛かっている絵は、「幻視者の朝」というタイトルだった。腰に届くほど長い髪の女性が椅子に座っているが、彼女の両目は黒い布で覆われている。半透明の蛇のようなものが、まとわりつくように彼女のまわりを浮遊している、幻想的な絵だ。

幻視者、というタイトルが意味深で、偶然だとわかっているのにどきりとする。なんとなく、その絵の前に長くとどまることができなくて、すぐに通り過ぎた。

後で佐伯に話しかけるのなら、同好の士を装えるように、何かそれらしい感想を準備しておかなければならない。趣味に反するものでも、どうにかして誉めなければと思っていたが、その心配は不要だったようだ。ここに展示された絵には、確かに惹きつけられるものがあった。

俺は順番に絵の前を移動し、最後の一枚の前で足を止める。

物語性を感じる絵が多い中、その一枚だけが抽象画だった。比較的サイズが小さく、描かれているのは、渦のようなものだ。モチーフは濁った水なのか、ガスのようなものなのか、よくわからないが、暗い色の中にときどき赤や黄色が混ざっていて、キラキラ光る粒も見える。油絵具を重ねた部分、筆の跡が盛り上がってでこぼこして、古い樹木のこぶのようだ。

作品名は「無題」となっている。

明るい絵ではない。それなのに、何故だろう、眺めているとほっとした。自分の中の不安や、よくない感情が、取り出されてそこにあるような気がした。

気がついたら、じっと見入ってしまっていた。

ふと横に気配を感じ、そちらを見ると、佐伯が、わずかに首を傾《かし》げるようにして立っている。しまった、まだ心の準備ができていない。

目が合って、にこ、と笑われたので、内心びくつきながら「どうも」と会釈を返した。

「さっき、『ひだまり』にいた人だよね？」

「あ、ハイ。……さっきはありがとうございました」

さすがに顔を覚えられていたようだが、不審がられている様子はない。

佐伯は、俺が自分を尾行していたのだとは思ってもいないようで、「奇遇だね」と笑顔で言った。

「絵が好きなの？」

思った通り、気さくで、社交的な性格のようだ。ほぼ初対面の相手にも躊躇せず、親しげに話しかけてくる。

普段なら敬遠するところだが、今はそれがありがたい。距離をつめやすい。

「いや、なんとなく入ってみただけで、絵のことはあんまり詳しくないんだけど……ここにあるやつは、何かいいなって思って。じっと見てしまうというか」

ここに飾られている絵が俺の好みから外れていても、佐伯は好きでこの絵を見に来たのだろうから合わせるつもりだったが、誉めるところのある絵でよかった。

連続殺人犯と趣味が合うというのも何だが、本心から出た言葉のほうが自然で怪しまれないだろう。

「印象に残るというか……何かこう、ざわざわする感じが。惹きつけられるっていうのかな。こっちのは、暗い絵なのに、見てるとなんだかほっとして」

「本当？」

ぱあっ、と佐伯の表情が明るくなる。

効果はてきめんだった。

自分の好きなものを誉められれば嬉しいものだが、それにしても、こうも簡単に釣れるとは。えっそんなに？　と、誉めた俺のほうが戸惑ってしまう。

「嬉しいなあ。すごい誉め言葉だよ、それ」

佐伯は頬を紅潮させ、絵を指差していた俺の手をとった。

「それ、僕が描いたんだ」

満面の笑みで言い、両手で、包み込むようにぎゅっと握る。女の子のように細くてきれいな指は、ひんやりしていた。

その行為と言葉に驚く暇もなく、握手した手から映像が流れ込むように視界が塗り替わった。


壁にもたれて死んでいる男。視点の主——佐伯はその真正面に立って、カメラのファインダーを覗いている。

ファインダーごしに見える被害者は、最初の幻視の中で視たのと同じ男だ。

あのときの幻視の、ちょうど続きのようだった。

フラッシュが二度、三度と閃《ひらめ》いて、死体を照らす。

——佐伯は、自分が殺した相手の死体を撮影している。

シャッターを切るそのスピードや回数から、彼の高揚が伝わってくるようだった。


その瞬間に視界が戻った。

目の前には、満面の笑みを浮かべた佐伯が立っている。

俺が動きを止めていたのは、ほんの二、三秒のことだったはずだ。

目の前にいるのが画家本人だと知って俺が驚いていると思ったのだろう、佐伯は特に不審がる様子もない。

しっかりと俺の手を握ったまま、

「君とは仲良くなれそうだよ！」

と、朗らかな笑顔で言った。

一日に三度も、同じ人間の幻視をしたのは初めてかもしれない。

そのせいか、視界が戻った瞬間、寝入りばなに叩き起こされたときのようなだるさがあったが、奥歯を食いしばり、表情には出さないよう気をつけた。

今視えたのは間違いなく、今日視たものの中で一番重要な情報だ。

佐伯は、死体の写真を撮っていた。

自分の犯行を記録するなど危険極まりないと思うが、間違いなく撮っていた。俺には理解できないが、彼はそういう人間らしい。つまり、犯人自らが、決定的な証拠を所持しているということになる。

手軽なスマートフォンではなく、わざわざかさばるカメラを持ち歩いて写真に撮っていたくらいだ、この一件だけでなく、他の被害者たちの写真も撮っているだろう。連続殺人の証拠があるということだ。

それさえ手に入れれば、警察を動かせる。その写真が佐伯の撮ったものだということは、カメラごと持ち出しでもしない限り証明は難しいだろうが、データのコピーか出力した写真の一枚だけでも持ち出せれば、後は警察が調べて、佐伯とつながる証拠を見つけてくれるだろう。警察が、情報提供は本物だと納得できるだけの何かがあればいいのだ。死体の写真なら申し分ないはずだった。

スマートフォンと違い、カメラにはロックをかけられないはずだから、デジタルカメラにデータが残っていれば、すぐに中を確認できる。ただ、スマートフォンと違って、カメラ本体やデータの入った媒体は常に持ち歩いているとは限らない。たまたま佐伯がカメラを持っているときにどうにかして覗き見するか、彼の自宅に行くしかない。

ハードルは決して低くないが、目的ははっきりした。

データでも紙媒体でも、写真さえ手に入れることができれば——。

俺にできるのか、本当に俺がやるのか、と一瞬迷いが生じかけたが、今迷っていたらもうチャンスは来ないかもしれない。

俺は腹をくくって、佐伯の手を握り返した。

「いや、すごい。感動しました。絵を見てこんな気持ちになったのは初めてです」

「素晴らしい」「同年代の人間が描いたとは思えない」と、歯の浮くような賛辞を重ねる。就職活動で培ったおべんちゃらが役に立った。絵をいいと思ったことだけは事実なので、それほど上っ面だけには聞こえなかったはずだ。

言った後で、さすがに大袈裟すぎたか、と不安になったが、

「え、そうかな、ほんと？」

佐伯はどうやら素直に受け止めたらしく、「君いい人だね」などと言いながらにこにこしている。

「女の子で、よくグループ展に来てくれる子はいるんだけど、同性の人からこんなに熱意のある言葉をもらったのは初めてだよ。嬉しいなあ」

あれ、何か感じいいぞ。

たった今、殺害現場の幻視をしたことも忘れて、俺は彼に好印象を持ちそうになった。

慌てて、相手は殺人犯、と自分に言い聞かせる。

しかし、人間性はどうでも、芸術家としての佐伯が作品を誉められて喜んでいるのは間違いない。これはいけると判断し、俺は「本当にすごいですよ」と畳みかけた。

「もっといろんな作品が見たいです。ここにあるのが全部じゃないですよね。お若いですよね、美大生ですか？　でも、大学じゃ、一般人向けの展示とかやってないのかな……」

作品を誉めるのが好感度を上げる近道のようだから、ここは臆面なく誉め殺す作戦で行くこ

とにする。

いきなり自宅に行きたいと言えばさすがに警戒されるだろうが、大学に保管されているものでも、個人的に作品を見せてもらえる関係になれば、一歩前進だ。それをきっかけに少しずつ親しくなる。そうすれば、いずれは自宅に入れてもらうチャンスがあるかもしれない。

「あ、大学にいくつか置いてあるし、制作中の作品もあるよ。見に来る？」

こちらが拍子抜けするほどあっさりと、佐伯は言った。

「校内での展示はやってないけど、ここには出してない絵があるから。僕のだけしか見せられないけどね」

俺は内心「まじかよ」と思いながら、「えっ、いいんですか」と喜んだ声を出す。

今日会ったばかりの相手に、少し作品を誉められたくらいで。いいのかそれで。連続殺人犯、ちょろすぎないか。

「いいよお。あ、年齢、同じくらいだよね。敬語じゃなくていいよ。そうだ、これ、名刺。今回の展示用に作ったんだ」

「あ、どうも、ご丁寧に……久守一《はじめ》です」

俺は両手で、ざらざらした手触りの和紙のような紙に、「佐伯優《ゆう》」としゃれたフォントで印刷された名刺を受け取った。

こんなに簡単に受け容《い》れられるとは思わなかった。うまくいきすぎて、なんだか心配になる。連続殺人犯のくせに、こんなに警戒心が薄いということがあり得るのか。もしやすべてを見透かされていて、二人きりになったとたんに豹変《ひょうへん》するのでは、とさえ思えてくる。

とはいえ、せっかくのチャンスを逃す手はない。

聞けば、佐伯は都内にある美大の三年生で、ちょうど明日は二限で終わりだというので、早速明日美大を訪ね、校内に保管してある作品を見せてもらうことになった。

大学に、事件の手がかりになるようなものを置いているとは思わないが、プライベートな空間に入れてもらうということは、距離を縮める上では有効だ。今後のための第一歩として、意味があるはずだった。

俺は、明日は午後も講義が入っていたが、出席しなくてもどうということはない講義だ。二限が終わったころに、佐伯の大学の前で待ち合わせることになった。

＊　＊　＊

地図アプリで確認した道順で、最寄り駅から佐伯の美大へと向かう途中、大きな公園の前を通った。

通り魔殺人の二件目の被害者の遺体が見つかったのは、確か、この近くだったはずだ。スマートフォンで検索してみると、まさに、この公園の東側から駅へと続くトンネル状の通路が遺体発見現場だと書いてあった。俺の幻視は人に触れたときにしか起きず、現場を見ても仕方がないのでわざわざ行きはしなかったが、佐伯の通う美大までは、徒歩数分の距離だ。事件が起きたのは人通りのない深夜だったようだが、それにしても、大胆な犯行だった。次の犯行が大学から少し離れた場所になったのは、さすがに自分の生活圏に近すぎた、と反省したからだろうか。

昨夜、佐伯と別れた後、インターネットで検索して、海外の有名な連続殺人犯――シリアルキラーに関する記事をいくつか読んだ。シリアルキラーの定義や分類がされているサイトも見た。ほとんどがアメリカの事件ばかりだったが、いくつもの州にまたがって事件を起こした犯人もいる一方で、ごく狭い範囲でのみ犯行を繰り返した犯人もいた。

俺が悪事を働くなら、なるべく自宅から離れた、知っている人のいない遠い場所を選ぶだろうが、土地勘のある場所のほうが安心して犯行をおこなえると考える人間もいるようだ。そういう考え方も理解はできる。佐伯はそうなのだろう。

シリアルキラーにもタイプがあるようだが、佐伯が分類されるのは間違いなく「秩序型」と呼ばれるタイプだ。本人は社会的スキルやコミュニケーション能力が高く、恋人や友人、家族もいる。周囲の人間からは信頼されている。計画的に犯行をおこない、証拠を残さない。

佐伯が遺体の写真を撮っていると知ったときは、自分の犯行を記録するなんて信じられないと思ったが、シリアルキラーが、犯行の思い出、トロフィーとして、被害者の持ち物や遺体の一部を持ち帰ることはよくあることのようだ。

実在のシリアルキラーのエピソードもたくさん載っていたが、読んでいて気分が滅入るので途中で読むのをやめた。

とにかく、彼らに共通して言えることは、多くの場合異常な心理的欲求を満たすために殺人を犯していて、本当の意味で動機を理解しようとしても無駄だということだ。そして、一見して普通に見えても、もしくは普通より魅力的に見えたとしても、人とは違う倫理観や論理で動いているということ。

佐伯と会うときは、それを心にとめておかなければならない。

「久守くん、こっちこっち」

大学の正門前で待ち合わせた佐伯は、まるで十年来の親友のように親しげに俺を迎えてくれた。

「学外の友達を案内するなんて初めてだな。何かドキドキするね」

「……俺も初めてだよ。美大の中を見るのも」

俺は友達が少ないので、こうして嬉しそうにしてくれるのを見ると、それだけでちょっと心が動く。彼の犯罪を告発するという目的があって近づいているのは俺のほうだというのに。

制作中の絵を置いてあるというアトリエへ向かう。並んで歩くと、何度か彼は知り合いらしい学生に声をかけられた。そのほとんどが女子だ。

俺がそれを指摘すると、佐伯は、ああ、と頷いた。

「女子のほうがずっと多いからね。七対三くらいじゃないかな」

佐伯はきれいな顔をしているし、髪型や服装に気をつかっているようだから、きっともてるのだろう。髪の色は、俺のように保守的な人間から見ると多少奇抜に映るが、美大ではこれくらいは珍しくもないのかもしれない。

人懐こくて、明るくて、女の子にも人気があって、学生のうちに画廊で展示ができるくらい、絵の才能もある。俺の目には、佐伯はそんな風に映る。作品は若干猟奇的だが、総合的に悪い印象はなかった。人を殺すような人間には見えない。

しかし、誰だってそうだ。

俺が今まで望まず覗き見てしまった、後ろ暗い秘密を抱えた人間たちは、皆、ごく普通の人たちだった。少なくとも、俺にはそう見えていた。

恋人を殴っていた男も、万引きを繰り返していた女性も、動物を虐待していた中学生だってそうだった。

「ちょうど、新しいのを描き始めたところなんだ。ちょっと前にインスピレーションが湧くことがあってさ。次の展示会には出したいな。次はグループ展になると思うけど……」

佐伯が堂々としているからか、誰も、俺が部外者だとは気づかないようだった。気づいても気にしていないのかもしれない。

佐伯は、歩きながら色々と話をしてくれる。「ひだまり」の事務所前で見かけたときからそうだったが、彼は常に機嫌がよく、楽しそうだ。

無理をしなくても笑える人間、生きているだけで楽しい人間というのは、うらやましい。妬ましい気持ちと同時に、憧れもあった。俺も愛想笑いは得意だが、一人になったときにどっと疲れを自覚する。

ごまかしごまかしうまいことやれているのは今だけで、いつかストレスを溜《た》め込んで思いつめたあげく勤務先の上司を殺すとか、先輩を殺すとか、そういうことになりそうなのはむしろ俺のような人間だと思っていた。

佐伯のように人生を楽しんでいる風の人間は、人を殺す必要なんてないように思える。

しかし——忘れてしまいそうになるが——佐伯は連続殺人犯なのだ。

現実味がない。自分で幻視したのに、信じられない。

こうして笑っている姿が演技なのか。それとも、どちらも本当の佐伯で、殺すときも死体を切り刻むときも、彼は笑顔のままなのか。

想像すると、どちらにしても、ぞっとする。

「ここだよ。僕の絵は、あそこの棚」

佐伯が入口に立って指を差す。

ドアは開け放たれていて、廊下から中が見えた。

油絵科のアトリエと聞いて、高校の頃の美術室のようなものを想像していたのだが、思っていたよりずっと広く、天井も高い。

床は、絵の具らしい汚れが重なってすごいことになっていた。床の元の色がわからないほど汚れている。つなぎの作業着を着た女生徒が二人、キャンバスに向かって作業中だった。

佐伯はその後ろを通って、扉のついていない大きな棚の前で屈《かが》み込んだ。

一番下の段から、縦にして挿してあったキャンバスを引き出して見せる。この段にあるのが、彼の作品らしい。

「主なものはあの個展に出してるけど、その他はほとんどここに置いてあるんだ。大きくて持って帰れないものとか……描きかけのものとかね。自宅にも小さいサイズのものとか、スケッチブックくらいはあるけど」

「へえ、そういうのも見たいな」

さりげなく――かどうかはわからないが――布石を打っておく。

佐伯はまんざらでもなさそうに笑っていた。望みはありそうだ。

その望みをつなぐため、俺は佐伯が見せてくれる絵の一枚一枚を熱心に見つめては感想を述べる。

完成した絵もギャラリーに展示されていたのと同じような、どこか病的なにおいのするものが多かった。「どこか」どころか、明らかに猟奇的なものもある。

血の代わりに真っ黒な液体を飛び散らせて横たわっている死体の絵や、縦に裂かれた人形の腹から内臓のように詰め込まれた赤い宝石が覗いている絵は、グロテスクなモチーフなのに、どこか幻想的だった。

連続殺人犯の絵だと言われると、モチーフ選びには納得する一方で、その割には、生々しさがない気がする。

幻想的な雰囲気のせいもあるだろうが、血にも肌にも、「殺されるまで生きていた」においや質感が感じられなかった。

もしかして、それが動機だったりするのだろうか、と思い当たる。

芸術家として、自分の絵に足りないものを感じて、生きた人間の手触りやぬくもりや、ある種の気持ち悪さ、それが失われる瞬間を見たり触れたりしたいと思った？　だから一度では飽き足らず、二人目を殺したのだろうか。一人殺してもわからなかったから、もう一人。

真野は、佐伯が「色んな経験をしたいから」とボランティアに申し込んだと言っていた。俺はそれを聞いて、殺人の標的を探すためだろうと思ったが、それがもし彼の本心だったとしたら、ボランティアも殺人も佐伯にとっては同列なのか。

人を、その生と死というものを、理解しようとして殺している、とか——。

そんなことを考えていては、絵についての気の利いた感想も出てこない。俺は、「うまく言えないけどいい」「すごい」と繰り返した。

稚拙な誉め言葉を、佐伯は嬉しそうに聞いている。

彼の許可を得て一番端にあったキャンバスを引き出したところで、俺は手をとめた。

まだ色もついていない、下描きの段階のものだった。ラフなタッチでよくわからないが、二人の人間が抱き合っているか、一人がもう一人に抱きついているように見える。

「……これが、今描いてるやつ？」

「そう。一番新しいのだね」

さっき、描き始めたばかりだと言っていた新作だろう。

まだラフな鉛筆の線のみで構成されたその絵だけが、猟奇性と無縁だった。

手前の人物の下半身から、波のように広がる線を見て、俺はドレスを連想する。それでようやく、ダンスを踊る二人の絵らしいと気がついた。

最新の一枚だけが、他の絵とは明らかに違うというのは、興味深い事実だった。

描き手である佐伯に、何か心境の変化でもあったのだろうか。

奥のほうにいる人物は、丸と十字で大体のバランスがわかるような印がつけられているだけだが、手前に描かれた人物は、ざっくりとした全身の輪郭と顔が描かれている。身体と比べると、顔はある程度描き込まれていて、その目鼻立ちが、誰かに似ている気がした。

「そういえば、久守くんはなんで昨日『ひだまり』にいたの？　もしかして、あそこのスタッフだったりする？」

佐伯にそう声をかけられて、はっとする。

そうだ、この絵の人物は、真野に似ている。

「そういうわけじゃないんだけど、知り合いがあそこでボランティアしてて……たまたまだよ。人手が足りないときには、手伝いに呼び出されるんだ。佐伯は？」

「僕は、ボランティアに申し込んで、採用になったばっかり。これまでバイトもしたことなかったから、社会経験積まなきゃって思ってさ。どうせなら、人の役に立つことがいいしね」

「そうか、えらいな……俺は嫌々っていうか、断りきれなくてって感じだったからな。でも、今思えばいい経験になったよ」

適当なことを言いながら、俺は改めて、鉛筆で描かれた、下書きのようなその絵を眺める。

細部は絵具で描くのだろう、今描かれているのは大ざっぱな線だけだが、それでも、キャンバスの上の真野は、目を細め、優しく微笑んでいるのがわかった。慈愛に満ちた聖母のような表情だ。

俺の知る、元気で明るいイメージとは違っていたから、すぐには、それが彼女だと気づかなかった。

まだ顔のないもう一人の人物に向けられているのは、愛《いと》しいものを見つめる目だ。

絵が描き手の内面を映すものなら、これを描いた佐伯が、真野をどう思っているかは明らかに思えた。

殺人犯でも、好きな女の子のことは、こんな風に描くのか。

当たり前のことかもしれないが、心がないわけではないのだなと、なんだかほっとする。

こんなラフな下描きなのに、それはどんな言葉より雄弁に、彼の想《おも》いを語っていた。

絵具を塗り重ねたら、少女のこの表情は消えてしまうんじゃないかと思うと、もったいなく思えるほどだった。

もしや、佐伯が「ひだまり」のボランティアスタッフに申し込んだのは、ターゲットになるホームレスを探すためではなく、人生経験を積むためでもなく、真野が目当てだったのだろうか。

仮にそうだとしても、犯行と無関係な行動とは限らない。ターゲットを探すつもりで「ひだまり」にアプローチして、そこで真野のことを知ったのかもしれない。

後輩の所属するＮＰＯ法人の事務所に、殺人犯が出入りしているということ自体に危機感を感じていたはずだったのに、俺はたった一枚の絵を見ただけで、淡い希望を持ってしまっていた。

こんな風に、下描きの線にすら滲み出るような想いを、佐伯が真野に抱いているなら――真野が真剣にホームレス支援に心を砕いているのを見たら、犯行を思いとどまってくれるのではないかと。

もちろん、そんな期待が頭をよぎったのは一瞬だ。すぐに我に返った。

真野に対する想いが純粋なものだとしても、佐伯が殺人犯だという事実は変わらない。危険なことも変わらない。

ほんの少しだけ、この絵の完成を見たいような気がしたけれど、そんな悠長なことは言っていられなかった。

少しでも早く佐伯と親しくなって、警察に提出できる証拠写真を見つける。それが無理そうなら、最悪、裏づけになる証拠なしで、適当な目撃情報を匿名で通報するしかないが、その場合は特別慎重にやる必要がある。確実に逮捕できるような証拠がないまま通報して、佐伯に怪しまれてしまうのは、一番避けたい事態だった。

遺体の写真は――そのデータが入ったデジタルカメラは、やはり自宅にあるのだろうか。なんとか自宅に招かれるように仕向けて、本人の目を盗んで探すしかない。

データが、カメラからロックのかかったパソコンの中やデータ媒体に移されていたら、探そうにも難易度は跳ね上がる。データがカメラに残っていることを祈るしかなかった。

カメラの中にデータがなかったら、証拠収集はあきらめる。そして、手持ちの情報だけを、匿名で警察に提供する。そう決めて、俺は実現に向けたプランを練る。

もうずいぶん長い間、相手の秘密を知ってしまうことが怖くて、親しくなった後で幻滅したくなくて、仲のいい友達なんて作ろうともしなかった。

しかし佐伯とは、どうにかして親しくならなければならない。

秘密を知ってしまうことを恐れる必要はない。何せ相手は殺人犯だ。これ以上幻滅しようもない。むしろ、少しでも多くの情報が欲しい。

まず、佐伯の信頼を得ること。そして、彼の秘密に手が届くところまで入り込むことだ。どうにか、怪しまれずに。

「何かいいな、これ。ほかの絵ともまた感じが違ってて。まだ下絵みたいだけど、どんな絵になるのか、気になる」

そう言ってキャンバスを佐伯に返す。そのとき、俺の肘が佐伯の腕にちょっと触れたが、何も視えなかった。

今日は、まだ幻視が起きていない。視えにくい日のようだ。

これから当分の間は、積極的に他人に触れて、幻視が起きやすそうな日はできるだけ佐伯に接触するようにしよう。

親しくなるために連日クラブ通いをしなければならないとか、毎週草野球に参加しなければいけないとかだったら実行できるか自信がないが、個展に通って作品を誉めるくらいのことは俺にもできる。

俺は、見せてもらった作品の一つ一つについて、できるだけ熱心に感想を述べた。

佐伯の絵は独創的だし、技術的にもかなりのものに見えたので、ファンも多いのではないかと思っていたのだが、美大では皆自分の作品のことで頭がいっぱいなので、こうして直接誉められることはそれほど多くないという。

俺にとってはラッキーだった。そこにつけこむ形で、うまく取り入ることができそうだ。

佐伯は、俺が特に気に入ったと言った絵は自分にとってもお気に入りなのだと嬉しそうに話し、昔の作品から最近の習作まで、あれこれと見せてくれる。

「ギャラリーで見かけたとき、普通に、何か雰囲気ある人だなって思って気になってたけど、絵を見てくれてたときの目を見て、あ、わかってくれてるんだ、って思ったんだよね。それだけでも嬉しかったんだけど、久守くん、ちゃんと口に出して誉めてくれただろ。ああいう風に言ってくれる人ってあんまりいなくてさ……僕の作風って嫌いな人は嫌いだし、あんまり誉められないんだよね。美大でも、評価はするけど好きじゃない……みたいなこと言われたりとか」

だから嬉しくなっちゃって、と頭を掻《か》きながら笑う佐伯を見て、良心の呵責《かしゃく》を覚えた。そのすぐ後に、いや、相手は殺人犯なのだ、と思い出す。言ってみれば、相手を騙《だま》しているのはお互い様だ。罪悪感を抱くことではない。

しかし、残念な気持ちはあった。

こんな形で出会ったのでなければ、佐伯が殺人犯でさえなければ、きっと普通に、いい友達になれただろう。

描きかけの一枚を棚に戻している佐伯に、俺は作った笑顔を向ける。

「この新作も、早く完成したものを見たい。楽しみだ」

その言葉は本心だった。

＊　＊　＊

大学へ行く途中の電車の中で、隣に座った男の腕が俺に当たったとき、その男が部屋の中で、イヤホンをつけてスマートフォンでポルノ動画を観ている様子が視えた。

好んで視たいものでもなかったので、すぐにアンテナは閉じてしまったが、制服がはだけた姿のずいぶん若い女の子が映っていたから、違法なものだったのだろう。佐伯のそれと比べれば、小さな秘密だった。

とにかく、それで今日が「視えやすい」日だとわかったので、俺は大学の講義が終わってすぐ、佐伯の個展が開かれている「アートギャラリー扉」へ向かった。

この時間なら佐伯がいる可能性が高いが、確かめてはいない。メッセージアプリの連絡先を交換してはいるが、あまり頻繁にこちらから連絡をしないほうがいいだろうと考えていた。

佐伯にしてみれば、俺はあくまで一ファンに過ぎない。最初のうちは誉められて嬉しいだろうが、あまりやりすぎてうっとうしいと思われたら、それ以上距離を詰めることは難しくなる。

ギャラリーに佐伯がいなくても、それはそれでかまわない。もしいたら、偶然を装って挨拶をする。約束していたわけでもないのに絵を見に来てくれたのかと、佐伯は喜ぶだろう。彼がそういう性格なのは、数回話しただけでもわかっている。

ギャラリーに入ると、先客は一人だけだった。長い髪の女の子だ。

初めてここに来たときにも見かけた気がする。

前に見たときも、じっと絵の前に立っていたから、佐伯の作品のファンなのだろう。同性のファンは珍しいが、熱心に応援してくれる女の子がいる、と佐伯が言っていたのを思い出した。

背後の壁にプロジェクタークロックの時刻が投影されているのに、彼女はわざわざバッグからスマートフォンを取り出して時間を確認した。

ロック画面がちらりと見えたが、それが佐伯の写真だったのでぎょっとする。

作品ではなく作者の写真をスマートフォンの待ち受けにするというのは、一般的なことなのだろうか。

佐伯のような若い作家には、芸能人を追いかけるような感覚のファンもいるのかもしれない。

彼女はスマートフォンをバッグにしまった後、出口に向かって歩き出した。

俺は通路で道を譲ろうとして、彼女と同じ方向にずれてしまい、互いの腕が少し触れる。

「あ、すみませ……」

口を開くのと同時に、視界が切り替わった。

ギャラリーの中だ。

視点の主である彼女は、佐伯の描いた、水中に沈む男の絵の前に立っている。着ているのは、ブルーのニットに白いスカート。今日とは違う服装だ。

佐伯が彼女の前を通り過ぎる。

プロジェクタークロックで壁に投影された日付と時間が見える。9月15日17時24分。

佐伯は彼女に笑顔で会釈をする。そして背を向ける。

彼女は肩から提げた黒いバッグに手を入れる。ナイフを取り出す。

そしてそれを手に、ギャラリーを出ようとしている佐伯を追う。


視界が戻る。

戻っても、同じギャラリーの中なので、一瞬混乱した。

長い髪の彼女は、硬直している俺をよけて、ギャラリーから出て行くところだった。

俺が振り向くのと同時に、後ろ姿がガラスドアの向こうに消える。

今のは、殺人の――その直前の幻視だ。

心臓の鼓動が速くなるのを感じながら、俺はギャラリーの奥へと進んだ。

佐伯の姿はない。今日は来ていないようだ。

佐伯がいるときは彼に留守番を任せて席を外していることが多いという、ギャラリーのオーナーらしい初老の男性が、今日は一人でカウンターの奥の椅子に座って本を読んでいた。

声をかけ、佐伯は次はいつ来るのかと尋ねたら、「明後日来ますよ」と教えてくれる。

「佐伯さん、人気ですねえ。さっきも、別のお客さんに在廊予定を訊かれたんですよ」

オーナーは感心した様子で言った。

佐伯の予定を訊いたのはきっと、さっきの髪の長い女性だろう。

俺は通路を戻り、壁に投影されたプロジェクタークロックの日付を見る。9月13日。

あの黒いバッグを持った、長い髪の女性は、9月15日に再びここへ来て、佐伯にナイフを向ける。

つまり俺が視たのは、二日後に起きる未来だ。

自分に視えているものが何なのか俺が気づいたのは、小学生のころ、何度か幻視を繰り返した後のことだった。現在の風景ではないのはわかっていたが、それが過去なのか、誰かの想像、心象風景のようなものかも、最初はわかっていなかった。

小学校の担任教師が飲酒運転で交通事故を起こすところを幻視して、それが数日後に現実になったときに、やっと気がついた。

俺は、他人に起きる未来を幻視する。

それはたいてい、当事者たち以外の誰にも知られることのないはずだった、誰かの秘密だ。

どういう理由で視えてしまうのかはいまだにわからない。

その未来がいつどこで起きることなのか、俺には知るすべもなかったし、そもそも、できるだけかかわらないようにしてきたから、特定しようとしたこともなかった。

しかし今回は、それが起きる場所や日にち、時間までわかっている。

そんなことは初めてだった。

もしかしたら、止められるんじゃないか——そんな考えが、頭に浮かんだ。

収まりかけていた心臓の鼓動が、また速くなる。ショッキングな幻視をしてしまったときの、嫌な動悸とは違っていた。

一方的に他人の秘密を視てしまい、それが不幸な未来でもどうすることもできない。怪しまれることを恐れて、警告することもできない。ずっとそうだった。

何の役にも立たない能力、体質だと疎ましく思っていたが、いつどこで誰によって起きるのかわかっている未来なら。

それによって救えるかもしれない相手が、連続殺人犯だというのが皮肉だが——生まれて初めて、この能力を他人の役に立てることができるかもしれない。

本当にできるのか？　という不安もあった。しかしそれ以上に、高揚していた。

＊　＊　＊

連続殺人犯である佐伯を、危険を冒して助ける必要があるのか、という疑問も一瞬頭には浮かんだが、いくら相手が殺人犯でも、殺されるとわかっていて何もしないのは寝覚めが悪い。犯した罪は罪として、生きて償うべきだ。

そもそも、あの女性が佐伯を刺したからといって、佐伯が死ぬとは限らない。

彼が襲われて死に、その結果連続殺人が止まるなら迷うところかもしれないが、佐伯はかすり傷を負うだけに終わり、彼女は犯罪者として裁かれ、佐伯はまた別の人を殺すかもしれない。

それよりは、彼女の犯行を未然に防ぐほうが、人として正しいだけでなく、彼女のためにも、社会のためにもなるし、俺にもメリットがある。

彼女が佐伯を刺そうとする理由に、佐伯の正体――連続殺人犯であること――が関係しているのかどうかはわからないが、もし彼女が佐伯の秘密を知っていて、復讐《ふくしゅう》か、罰を与える目的で襲おうとしているなら、彼女は逮捕されれば、警察にそのことを話すだろう。それで佐伯にも捜査が及ぶことになれば、最高の結果といえる。

彼女の動機に、殺人事件は関係ないのだとしたら、被害者である佐伯を警察が調べることはないだろうが、少なくとも、俺は佐伯を助けて彼に感謝されるはずだ。そうやって信頼を得ればそれだけ、佐伯の犯行の証拠をつかむチャンスも増える。

何より、俺は試してみたかった。幻視で視た未来を、変えることができるのか。

誰かが不幸になる未来を変えることができるなら、苦痛でしかなかった俺の幻視にも意味があるのだと思える。

幻視で佐伯を助けることができたら、連続殺人だって止められるかもしれないということだ。そうしたら、この体質、能力を持って生まれたことを、初めてよかったと思えそうだった。

9月15日、俺は大学の講義が終わった後、「アートギャラリー扉」へ向かった。

建物の前に着いて時計を見ると、時刻は17時を少し過ぎたところだ。中には入らず、前を通り過ぎるふりをしてガラスドアの外から様子をうかがう。

青いニットと白いスカート姿の、髪の長い女性が見えた。彼女だ。服装も、幻視の中で着ていたものと同じだ。

今日は他にも客がいる。男女の二人連れが、入り口の近くで絵を眺めていた。外からは見えないが、おそらく、佐伯は奥にいるのだろう。

彼女はきっと、佐伯と二人きりになるのを待って、犯行に及ぶつもりなのだ。

しばらくすると、二人連れの客がギャラリーを出てきた。

俺は緊張してギャラリーの中の女性を注視したが、彼女が動き出す様子はない。まだ、佐伯の絵の前にじっと佇《たたず》んでいる。

そうか、きっと奥にオーナーがいるのだ、と気がついた。幻視の中で、佐伯はギャラリーを出ようとしていた。オーナーに留守を任されているなら、出ていったりはしないはずだ。ほかに人のいる場所で襲っても、すぐに取り押さえられてしまうおそれがある。彼女は、佐伯が外に出た瞬間を狙って刺すつもりなのだろう。

時計を見ると、17時20分だった。

彼女がナイフを出すまで、あと4分。

偶然通りかかったふりをするために、ギャラリーの入口のすぐ横、中からは見えない場所へと移動し、俺は身構えてそのときを待つ。

17時24分。

ガラスドアが開いた。

佐伯が出てくる。そのすぐ後ろに、彼女が迫っている。

その手に、ナイフが握られているのが見えた。

「佐伯！」

俺の声に佐伯がこちらを見る。ナイフを持った手は、その背中へ、まっすぐに突き出される。

間一髪で、俺は雑誌を詰めたショルダーバッグを佐伯の身体とナイフとの間に滑り込ませた。

予想外の妨害に彼女が驚いて力が入らなかったのか、ナイフの切っ先は滑ってバッグの表面を傷つけたが、深く刺さりはしなかった。

俺はバッグを手放し、ナイフを持った彼女の手首を両手でつかむ。

抵抗する力は想像していたよりは強かったが、そうは言っても女性の力だ。両手で抑え込むと、彼女はナイフから手を放した。アスファルトに落ちたナイフが金属音をたてる。俺はそれをつま先で、彼女の手の届かないところへ蹴り飛ばす。これで一安心、だ。

「は、早まったことをしないほうが……いいと思う、よ」

しまった、かっこいいセリフを考えておくんだった。

そう思ったが、もう遅い。何ともしまらない、弱気な感じになってしまった。

それでも、突然出てきた男に犯行を阻止された、ということで、彼女の殺意は折れてしまったらしい。

騒ぎに気づいたオーナーが出てきて、ぎょっとした様子で俺と彼女と佐伯とを見比べている。

警察を呼んでください、と俺が言うと、電話をかけるためだろう、慌ててギャラリーの中へ戻っていった。

座りこんだ彼女の手首をつかんだたまま、俺は佐伯を見る。

大丈夫か、と声をかけようとして——ぞっとした。

佐伯は笑っていた。

驚いても、怖がってもいないようだった。

好奇心に目を輝かせて、まるで宝物を見つけた子どものような表情で、自分を刺そうとした女性を見つめていた。


ギャラリーのオーナーが警察を呼び、彼女は連れていかれた。

俺と佐伯は別々に事情を聴取され、解放されたのは夜遅くなってからだった。

翌朝、佐伯からメッセージアプリに連絡があり、今度改めて礼をしたいと言われた。「佐伯との距離を縮める」という目的は達成できたようだ。

しかし、俺が得たものはそれだけではなかった。

未来を幻視したことで、起きるはずだった事件を止めることができた。それは俺にとって初めての経験で、震えるような達成感があった。

そして、俺は今さらながら、ごく当たりまえのことに気づいていた。

俺に視えるのは未来だけ。どれくらい先の未来かはわからないが、いずれにしても、視えた時点では、それはまだ起こっていないのだ。

俺が幻視した通り魔殺人の被害者は、少なくとも幻視した時点ではまだ死んでいなかった。あれから、新たな被害者が出たという報道もされていないから、佐伯はまだ彼らを殺していないと考えていいだろう。事件は、これから起きるのだ。

これから起きることなら、止められるかもしれない。

俺が佐伯に触れて幻視した殺人事件の二人の被害者は、どちらも冬服でコートを着ていた。最近は涼しくなってきて、夜になると少し肌寒さを感じることもあるが、コートを着こんでいる人間はまだほとんどいない。おそらくあれは、もう少し寒くなってきたころに起きることなのだ。つまり、まだ時間の猶予があるということだ。

今回、佐伯が刺されそうになったときは、止めることができた。

どうにかして時間と場所がわかれば直接、そうでなくても、俺が意図を持って佐伯に干渉することで、間接的にでも、犯行を思いとどまらせることができたら――あの二人は、死なないで済むかもしれないのだ。

俺にできることは限られているし、好き好んで責任を負いたくもないが、知ってしまった以上、これから起きる殺人は止めたい。そのためには、佐伯の過去の犯罪の証拠をつかんで逮捕させるしかないと思っていたが、佐伯とある程度親しくなってその行動を把握できるようになれば、そして何度か幻視を重ねて犯行日時と場所を特定できれば、直接的に犯行を止めることもできるかもしれない。

事件から数日後、ギャラリー前で佐伯と待ち合わせをした。

飲みに行こうと誘われたのだ。助けてくれたお礼にご馳走《ちそう》するよと言われ、断る理由はなかった。いや、連続殺人犯と一緒に酒を飲むのだから、断る理由はあるのだが、少しでも多く佐伯と接触し、過去と未来の事件について情報を得たい俺にとっては、願ったり叶《かな》ったりだった。

チェーン店ではないレストランに連れて行かれ、動揺を隠して席につく。

メニューに載っているのは、生春巻きだとかクスクスとケールのサラダだとか、食べ慣れないものばかりだった。希望を訊かれて、チリソース味の唐揚げだけはリクエストしたが、あとの注文は佐伯に任せることにする。

「僕の中身が見たかったんだって」

飲み物と料理の注文をとって店員が離れていくと、佐伯は事件のことを話し出した。加害者女性の弁護人から連絡があったらしい。

女性は現在警察署に勾留されているが、両親の監督下で生活してカウンセリングを受けること、被害者である佐伯に接触しないことを条件に身柄を解放してもらえるよう、弁護人が動いているところだという。

どうやら彼女は、佐伯が連続殺人犯であることは知らなかったようだ。

熱心なファンが行き過ぎてストーカーになり、想いを募らせた結果の事件——ということらしい。

「僕は別に会ってもいいっていうか、むしろ直接話を聞きたいくらいなんだけど、会わせてはもらえないだろうな。被害者への配慮って面もあるけどそれ以上に、彼女自身のためにも、俺には会わないほうがいいって弁護士さんが言ってたから」

そう言う佐伯は残念そうだった。刺されそうになったというのに、危機感などまるでない様子でいる。

「彼女は僕の描いた絵を気に入ってくれていて……『喪失』っていう、血が金魚になって泳いでるやつとか、あと、今回の個展には出さなかったけど、『業』っていう絵、おなかの傷から赤い石がこぼれてるやつとかが特に好きなんだって。『業』は大学で見せたかな」

「ああ、あれか」

憶えていた。生きているのか死んでいるのかわからない人形のような男の腹から、血と内臓のかわりに赤い宝石がこぼれている絵だ。そういえば男の顔は、どこか作者自身に似ていたような気がする。

「僕を刺したら、あの絵みたいに、きれいなものが出てくるはずだって思ったんだってさ」

嬉しいよね、と笑顔で言うので、

「嬉しいのか」

思わず声が出た。

佐伯はすぐに、「もちろん」と応える。

「僕の作ったものから何かを感じてくれたわけだからね。誰かに届いた、それも、そんなに奥深くまで刺さったってことは、やっぱり嬉しいよ」

その感覚は、俺には理解できない。

俺も佐伯の絵には惹かれるものがあったが、彼女がそれを見て、恨んでいるわけでもない相手を刺すほどまでに影響を受けたというのは怖いと感じたし、刺されかけた本人がそれを喜んでいるというのも気味が悪い。

しかし極力それが表情や態度に出ないように注意して、頷きながら聞いた。

気を遣うまでもなく、佐伯は俺の反応など気にしていないようで、メニューを見るともなしに眺めながら頬杖《ほおづえ》をついている。

「話が聞きたいなあ。彼女の内面に興味がある。僕の絵のどこにそれだけ惹かれたのかとか。せめてメールとか文通とかできないかな」

独り言のような調子でそんなことを言った。

執着している対象から遠ざけることが治療の一環なのだろうに、佐伯が自分の興味を満たすために接触してあれこれと掘り返したら、治るものも治らない。

佐伯はそういうことも平気でやりそうだったが、さすがに、相手の女性の両親や弁護士が許さないだろう。

「被害者と接触しないことを条件に身柄を解放してもらおうとしているんだったら、さすがに無理なんじゃないか」

「まあ、そうなんだけどね。被害者の僕がいいって言ってるのになあ」

佐伯も無理だと理解はしているのだろうが、あきらめきれない様子でいる。

自分を刺そうとした相手を怖がるどころか、興味を持って会いたがるというのが、やはり普通ではない。それが芸術家としての特性なのか、それとも、連続殺人犯の心理なのかはわからなかった。

飲み物が運ばれてきたので乾杯する。

佐伯は、果実酒を炭酸で割ったジュースのようなものを飲んでいた。絵の具でも溶いたのかと思うほど人工的な赤にぎょっとしたが、ざくろの酒で、着色しているわけではないという。

飲むものまでしゃれているなと思いながら、俺はハイボールをする。

「それはそうとして、久守くんは命の恩人だよ。本当にありがとう。お礼をしないと」

「そんなのいいよ。たまたまだったんだから」

「いやいや、なかなか、とっさにあんなふうには動けないよ。かっこよかったよ」

俺だって、とっさのことだったらあんなふうには動けなかっただろう。事前に知っていたから対応できたのだ。しかしそう言うわけにもいかないので、「本当にたまたまだって」とだけ言った。信頼されるのは望むところだが、あまり買いかぶられても困る。

心を開いてもらうためには同好の士だと思わせたいが、佐伯の絵を誉める以外に方法が思いつかない。共感しているふりをするためにありもしない嗜虐《しぎゃく》趣味や付け焼刃の妄想を語ったところで、すぐにぼろが出そうだった。

やはり無理はしないで、なんとか幻視で情報を集める方向でいこう。自分の身の安全が第一だ。

「彼女も興味深いけど、久守くんも何か不思議議っていうか、気になる感じがするんだよね」

しげしげと俺を見て、佐伯が言った。

「僕の絵が好きって言ってくれるのも、ちょっと意外な感じがして。でも確かに、何か……わかる気もする。そういう雰囲気があるよね。秘密を抱えていそうっていうのかな」

内心どきりとしながら、何だよそれ、とごまかした。俺が普段から社交的な人間だったら、面と向かって嘘《うそ》をつくというのは大変だったかもしれないが、幸いというべきか、俺が人の目を見て話さないのはいつものことだ。

「秘密なんていうほどの秘密はないけど……確かに、佐伯の絵に惹かれるってことは、何か通じるものがあるのかもしれないな」

ぼそぼそと俺が言うと、佐伯はまんまと嬉しそうな顔をした。俺は、ちらっと横目で見てそれを確認する。

作品を誉められれば素直に喜ぶ。それは、連続殺人犯でも変わらないということが、ここ数日でわかった。

「助けたお礼って言うなら、そのうち、スケッチとか、他の人には見せてない絵も見せてくれたら嬉しいかな」

「そんなことでいいなら、今度持ってくるよ」

できれば自宅に行かせてほしい、と言うのはさすがに怪しまれるだろう。一歩ずつ距離を詰めていくしかない。

この調子なら、チャンスは意外に早く巡ってきそうだ。

俺は料理の取り皿に手を伸ばすふりをして、肘を佐伯の腕に当ててみたが、今日は何も視えなかった。

幻視ができないとなると、あとは、消化試合のようなものだ。運ばれてきた料理を食べながら、佐伯の話に適当に相槌《あいづち》を打つ。わざとらしくならないように注意しながら共感を示したり、興味を引かれたかのようなふりをしてみたり、気分は営業マンだ。この経験は就職したときに役に立つかもしれない。

そんな心構えで臨んでいた俺は、一時間ほど佐伯と飲み交わすうち、困ったことに気づいた。猟奇的な趣味については共感できない。しかし、佐伯と話すこと自体は苦痛ではない。それどころか、ときどき、目的を忘れて、普通に楽しくなってしまう。

これまでも、薄々感じてはいたのだ。タイプは全然違うはずなのに、佐伯とは、なんとなく合う気がする。声や雰囲気を心地よく感じるし、話の内容も興味深い。

そのたび、これはただの友達ごっこで、佐伯を油断させて懐に入りこみ、証拠をつかむためにやっていることなのだと、自分に言い聞かせなければならなかった。

最終的に警察に突き出す相手だ、あまり仲良くなっては後で辛《つら》くなる。一緒にいるときの罪悪感も強くなる。

佐伯は甘そうな酒ばかりをおかわりした。それほど強くはないようで、首のあたりまで赤くなっている。

どうにかして自宅へ行ってそこで酒を飲ませれば、カメラを盗み見るくらいはできそうだった。まずは自宅で酒を飲めるくらいの仲にならなければならない。

俺のほうは佐伯に心を許さないよう、隙を見せないよう気をつけつつ、佐伯にはある程度心を許してもらえるように——結婚詐欺師にでもなったような気分だ。

その時点で若干げんなりしながら、俺は佐伯と二人の酒宴を続ける。

「示談書にサインするからって言ったら、文通くらいは許してくれないかなあ……」

話が一段落したころ、会話が途切れ、三杯目を飲み終えて新しい飲み物が来るのを待ちながら、佐伯がぼそりと言った。

まだあきらめていなかったのか。

その話題を拾うべきかどうか思案しながら、俺は手をあげて店員を呼ぶ。水かお茶をもらうつもりだった。

佐伯は半ばテーブルの上に突っ伏すようにして、氷だけになったグラスを頬に当てている。

「せめて、頭の中を見たいのに」

小さくそう呟《つぶや》くのが聞こえたが、俺は聞こえなかったふりをした。

II

茨城の実家から新米が届いた。

俺はワンルームの部屋で大学の課題のレポートを書きながら、壁際に置いた、ぱんぱんに膨らんだ米袋に目をやる。

両親が自分たちで精米して毎年送ってくれる米は、粒が小さくぎゅっと味が詰まっていて、俺にとっては子どものころから慣れ親しんだ味だ。

経済的にも楽ではない身なので、食料を送ってもらえるのはとてもありがたいのだが、一人暮らしの大学生に三〇キロはいくらなんでも多すぎる。なかなか消費が追いつかず、どうしてももてあまし気味になった。去年の米も、冷蔵庫の中にまだ残っている。

おすそわけをしようにも、近所づきあいはないし、仲のいい友達もいない。友達、と考えたとき、一瞬佐伯《さえき》の顔が浮かんで、いやいや、と慌てて打ち消した。

俺が殺人の幻視をしてから、二週間が経《た》っていた。

十月に入り、大分肌寒くなってきて、日中でも長袖の上に上着を着ることが増えた。

注意してニュースを観《み》るようにしているが、今のところ、連続殺人の新たな被害者が出たという報道はない。

幻視した被害者が冬もののコートを着ていたことから考えると、あの殺人が起きるのは、早くても秋の終わりか冬の始まりくらいの時季のはずだ。

幻視が現実になる前に事件を止めるためには、それがいつどこで起きる未来なのかを確かめる必要がある。しかし、俺はまだ、それを特定できるだけの情報を得られていなかった。

ギャラリーで佐伯が刺されそうになったときのように、幻視で正確な日時がわかることのほうが珍しい。はっきりした日時はわからないまでも、どうにか殺人を事前に止めるためのヒントを得られないか、佐伯と会うたびにさりげなく接触するようにしてはいるのだが、あれ以来、殺人の場面を幻視することはなかった。

事件がいつどこで起きるのか、具体的なことがわからないのなら、すでに起きた二件の殺人事件について警察が佐伯を逮捕できるくらいの証拠をつかむしかない。佐伯が油断するくらい親しくなって酒でも飲ませて、その隙に……と思っていたが、なかなかそういった機会は訪れなかった。

今のところ、佐伯の自宅に招かれる気配はない。自分から家に行きたいと言い出すのは避けたかった。あまりぐいぐい押すと、かえって怪しまれそうだ。一度警戒されると、ハードルはぐんと高くなる。佐伯が完全に油断している状況でなければ、彼の目を盗んでデジタルカメラのデータを覗《のぞ》き見するなどということは到底無理だろう。

俺が何かを探っていると、佐伯に気づかれたらおしまいだ。今は俺を友人だと思ってくれているようだからいいが、何しろ相手は連続殺人犯なのだ。

佐伯といるときにそれを忘れそうになり、つい本気で楽しんでしまっていることに気づくたび、俺は自分の緊張感のなさに呆《あき》れた。

俺が佐伯に近づいたのは彼を告発する証拠をつかむためで、佐伯が俺と仲良くしているのはその演技に騙《だま》されているからだ。わかっているはずなのに、気を抜くとまるで本当の友達であるかのように錯覚してしまう。

きっと、生まれてこのかた親友と呼べる存在を持ったことがないせいで、表面上のこととはいえ、仲のいい友達がいる状態に浮かれているのだ。

目的を忘れるわけにはいかない、緊張感を失ってはいけないが、その一方であまり緊張しすぎても佐伯に不審に思われる。彼には、何の他意もないただの友人だと思って気を許してもらわなければならないわけだから、難しいところだ。「とにかく佐伯と親しくなるフェーズ」のうちは、俺も、佐伯が殺人犯だということを忘れているくらいがいいのかもしれない。

とはいえ、いつ次の事件が起きるかわからない以上、あまり悠長にかまえてもいられなかった。

「アートギャラリー扉」での佐伯の個展は今週いっぱい、あと四日で終わりだ。もう、ギャラリーへ行って絵を見るついでに、という体で佐伯に接触することはできなくなる。連絡先は交換しているが、ただ呼び出して飲みに行こう、と言えるほどの仲でもない。というか、俺は誰とも、そんなつきあい方はしていない。話題もないのに呼び出しても場がもたず、怪しまれて終わりだろう。

気がついたら、課題の手を止め、ぼんやり米袋を見つめていた。

広くはないワンルームで、米はかなりの存在感を放っている。

とりあえず、明日にでも、「ひだまり」に持っていこう。月二回の炊き出しのために米は必須だし、確か、食品の寄付を募っていたはずだ。

佐伯は「ひだまり」にボランティアとして登録しているから、俺も「ひだまり」に出入りしていれば、接点を失わないで済む。

これまでボランティアに興味がなかった俺が、突然ちょくちょく顔を出すようになったら真《ま》野《の》は不自然に思うかもしれないが、とりあえずもてあましている米を寄付するため、という名目なら怪しまれないだろう。そこからうまく、日常的に「ひだまり」に出入りできるような方向へ持っていければ、自然に佐伯と接触する機会を得られる。

報道によれば、すでに起きた二件の殺人事件の被害者のうち、一人はホームレスの男性で、もう一人はいわゆる家出少女だったようだ。俺が幻視した茶色いコートの男性もホームレスのようだったから、要するに佐伯は、社会とのつながりが薄く、深夜に一人で外にいて、襲いやすい人間を標的にしているのだろう。

佐伯は、「ひだまり」で支援しているホームレスの中から次の標的を探すつもりでいるのだろうが、できる限り俺が近くにいて話しかけたり仕事を振ったりして、ゆっくり物色ができないように邪魔をすることくらいならできそうだ。そんなことをしても、犯行を少し先延ばしにするだけだろうが、時間を稼いで、その間に過去の事件の証拠を見つけるのだ。

うまくすれば、支援対象のホームレスたちの中に、幻視の中の被害者を見つけることができるかもしれない。そうしたら、それとなく警告して、一人にならないように誘導したり、真野に頼んで優先的に住宅支援を進めて……なんとか、彼が被害にあうことを阻止したい。

おそらく、一人一人の被害者を佐伯から遠ざけても、佐伯はまた別の被害者を見つけるだけで、根本的な解決にはならないとわかっている。佐伯が心を入れ替えるか、逮捕されるかしないと、犯行は止まらないだろう。しかし今は、とにかく、これ以上被害者が出ないよう、できることをするしかない。

集中できなくなってきたので、レポートを進めることはあきらめてパソコンを閉じ、立ち上がった。「ひだまり」に持っていく米を袋に移し、丈夫なキャンバス地のトートバッグに入れて持ちあげてみる。

とりあえず、五キロくらいか。両腕に抱えてみたが、かなりずっしりくる。これを持って電車に乗って「ひだまり」まで行くのはきつい。真野と佐伯にも少し渡そうと思っていたが、二人の分は後日、別に持っていくことにして、寄付する分だけをジッパーつきのビニール袋に詰め直し、両手に一つずつ持てるよう、二つに分けた。

佐伯に米を渡すことを口実にして、視《み》えやすい日を狙って約束をとりつけることも考えたが、「米を渡したいから今日会えないか」と呼び出すのはちょっとおかしい気もする。

やはり、何かのために会ったときのついでに渡すのが自然だ。米を会うきっかけに使うのはあきらめて、少しでも好感度をあげるため渡すだけにとどめよう。

しかし、そもそも、友達に米をおすそわけするというのは、一般的にどうなのだろう。変だろうか。引かれるか？　迷惑か？

友達がいないからわからない。

俺が、両腕に米の入ったエコバッグを提げて「ひだまり」を訪ねると、真野は諸手をあげて喜んだ。

「お米！　久守先輩、神やん、めっちゃ神！」

「ひだまり」では月に二回、公園で炊き出しを行っていて、ちょうど今週の土曜日がその日なのだという。前回はうどんだったから、今回はカレーにする予定だそうだ。タイミングがよかった。

佐伯の姿は見当たらないが、実働部隊としてボランティア登録しているのなら、きっと炊き出しには参加するだろう。

「土曜日、手伝おうか？　もう人手は足りてるかもしれないけど」

「えっ、ほんと？」

真野は顔を輝かせる。手は足りているから不要だ、と断られたらそれ以上言うのも不自然だなと思っていたので、歓迎されているらしいことにほっとした。

「今回の炊き出しは役所からも人が来てくれて、合同でやる予定なんだ。だから、結構大規模で、食べ物も人もいつもよりは多いんやけど、お手伝いしてくれる人はいつでも募集中！　スタッフが多いと、早く配れるから」

俺が心がわりしないうちにと思ったのか、真野はすぐさま事務スペースにいるセンター長の加地《かじ》を呼びに行く。「土曜日、久守《くもり》先輩も来てくれるそうです！」と元気よく報告するのが聞こえた。

佐伯の個展の最終日は日曜日で、俺も顔を出すことになっているから、炊き出しに佐伯も参加するなら、二日連続で会えることになる。どちらか一日でも、視えやすい日と重なればいいが——何も視えなかったとしても、佐伯と顔を合わせる機会が増えるのはいいことであるはずだ。人間は、頻繁に会う相手と親しくなりやすい。

新しいボランティアはどんな感じだ？　と、佐伯について真野に訊《き》いてみようかと思ったが、考えた末にやめた。俺が佐伯個人に特別に興味を持っていることを示すのは得策ではない。どこから佐伯に伝わるかわからない。

それに——真野に佐伯の話題を振ること自体、抵抗があった。

あの未完成の作品を見た限り、佐伯は真野に恋愛感情を持っているらしい。それ自体は不思議なことではない。殺人犯だって恋くらいするだろう。歴史に残るシリアルキラーの中には、結婚して子どもがいた者もいる。愛妻家として知られていた者も。

殺人犯といえど、好きな人のことは傷つけないだろうし、そういった感情を抜きにしても、これまで佐伯が襲ったと思われる被害者たちは、彼とは接点のない人間であったはずだ。特別な理由がなければ、自分につながる人間をターゲットに選ぶことはないだろう。

佐伯を怒らせたり、うっかり秘密を知ってしまったりさえしなければ、彼に好意を持たれている真野は安全と思っていいはずだ。

佐伯は、連続殺人犯であることを除けば――その一点が大きすぎ、目を瞑《つぶ》れるレベルの欠点ではないので、その事実を知らなければ、と言うべきか――、明るく社交的で、おしゃれな若手芸術家という、なかなか魅力的な人間だ。好意を向けられれば、真野も悪い気はしないはずだ。

ただ、佐伯と親しくなればなるほど、後で正体を知ったときのショックが大きくなる。俺は佐伯を告発するつもりなのだ。俺が大失敗をしなければ、遅かれ早かれ、佐伯は逮捕されることになる。

かといって俺は、「あいつとはつきあわないほうがいい」などと真野に言える立場でもないし、万が一にも佐伯の恨みを買うようなことはしたくないから、表立って警告をするわけにはいかない。

それでもせめて、わざわざ俺が佐伯と真野を結びつけるようなことはしたくなかった。

俺は米を事務所の奥へ運ぶのを手伝い、土曜日の集合場所を訊いた。

真野は俺が善意から手伝いを申し出たと思っているらしく、純粋に喜んでいる様子なのが、少し心苦しい。

＊　＊　＊

土曜日の朝、炊き出しの手伝いのため中央公園へ行くと、まだスタッフは誰も着いていなかった。遅れてはいけないと思い早めに来たのだが、早すぎたようだ。張り切っているようで恥ずかしいので、公園のまわりを散歩して時間を潰した。

俺は、現場での手伝いのみということになっている。カレーの鍋や食器など、荷物はすべて「ひだまり」のスタッフが車に積んでくるので、手ぶらで来ればいいと言われていた。ボディバッグには、財布とスマートフォンだけ――ではなく、ビニール袋に小分けした米が三合入っている。様子を見て、渡せそうなら佐伯に渡すつもりだった。

市民体育館に隣接した中央公園には子ども用の遊具などはなく、広い芝生と、ベンチがいくつかと、遊歩道のようなものがあるだけだ。

ブルーシートを使ったテントのようなものも、ところどころに立っていた。すぐに折り畳んで撤去できそうな簡易なものだ。

花壇のふちに横になって眠っているホームレスもいる。平らではあるが、硬い石の上に寝そべり、微動だにしない。

ホームレスたちは、同じ公園の中で暮らしてはいるが、意外と互いに対して無関心、というか、干渉していないように見える。一応、公園の古株でリーダーのような存在はいるようだし、助け合うこともあるのだろうが、基本的に、皆うつむいているか、寝ているか、テントの中にいるかで、周囲に気を配ってはいない風だった。ぽつぽつと立っているテントも、それぞれが離れている。

最近は公園に住むホームレスも割と入れ替わりが激しいという話も聞いたから、そのせいもあるのかもしれない。

これでは、連続殺人犯にとって、彼らは恰好《かっこう》の獲物だ。二件目の事件の被害者はこの公園とは違う場所で寝起きしていたホームレスだったようだが、彼の環境も似たようなものだったのなら、事件の目撃者がいないのも納得だった。

俺が十分ほど公園の中をうろうろしているうちに「ひだまり」のワゴン車が到着したので、荷物を下ろすところから手伝った。

同じく公園で合流したらしい佐伯と車の前で会って、挨拶をされる。俺は佐伯が参加することを予想していたが、佐伯は俺が参加すると知らなかったようだ。

「あれ、もしかして久守くんもお手伝い？　『ひだまり』の？　奇遇だね」

そうだな、と応えながら——表情には出さなかったつもりだが——内心、どきりとした。

佐伯の着ているモッズコートに、見覚えがあった。

幻視の中で視たものに似ている。おそらく同じものだ。佐伯はこのコートを着て、「あの二人」を殺す。

コートの下に着ている服は、細かいところまで憶えているわけではないが、幻視の中で視たものとは違う気がする。犯行は今夜ではないと思っていいだろう。しかし、もう、いつ事件が起きてもおかしくないということだ。時間の猶予はない。

たとえばこのコートをわざと汚したら、クリーニングに出している間、佐伯はこのコートを着られないから、犯行を先延ばしにできるのではないか、と一瞬考えたが、クリーニングにかかる日数などたかが数日で、大した時間稼ぎにはならない。そもそも、いつ事件が起きるのかがわからないのに、今コートを汚してもほとんど意味はないだろう。やはり、何度も幻視を繰り返して事件の起きる日時を特定するか、過去の事件の物的証拠をつかんで警察に届けるかだ。被害者になる予定の人物を見つけることができれば、彼を佐伯から遠ざけることは有効に思えたので、今日、注意して探してみるつもりだった。

「先輩、おはよう！　ありがとね」

「ああ……おはよう。別に、どうせ暇だったから」

「晴れたねー。朝、外に出てみたら寒かったからコート着たけど、日向だと冬物コートは暑いかも」

確かに、ほんの十分ほど園内を散歩している間に日が照ってきて、俺もコートの前を開けていた。

俺が出かけるときは天気が良くないことが多いのだが、今日は珍しくよく晴れている。

気温自体は低いはずだが、日陰と日向だと、体感温度がかなり違った。

「そうだな。結構日差しがあるな」

「私、晴れ女なんだ！　イベントのとき、雨降ったことないもん」

「何かそれっぽいな……」

俺が外出するとたいてい曇りだ、と俺が言うと、真野は「そんな感じ！」と言った。

「先輩っぽい。クモリだけに」

自分で言って自分で受けて笑っている。失礼な奴だ。

佐伯が、笑ってとりなした。

「僕も割と晴れ男だって言われるけど、曇りの日は過ごしやすくて好きだよ。何か落ち着くよね。今日は二対一で晴れたみたいだけど」

炊き出しにはちょうどいい日和じゃないかな、と言って晴れた空を見上げる。いい奴だ。

真野は、ショートパンツにスニーカーを履いて、佐伯と似たようなカーキ色のコートを着ていた。レディースなのでデザインは違うが、並んでいるところを見るとペアのようにも見える。配膳台にするための長机を公園へ運んで組み立てながら、二人で話している様子は親しげだ。

耳をそばだてて聞いてみると、話題は今月公開予定のホラー映画についてだった。そういえば、真野は海外のホラー映画が好きだと以前話していた気がする。

真野と佐伯がこうして楽しそうにしていると、炊き出しの準備も、おしゃれな大学生のサークル活動か何かのようだ。

俺は頻繁に「ひだまり」に出入りしているわけではないから知らなかったが、思っていた以上に二人は親しくなっているのかもしれない。共通の趣味があれば打ち解けるのも早いだろうし、佐伯は真野に好意を持っているのだから、より距離を縮めるべくアプローチしているはずだ。

真野のようなタイプの人間と接することで、彼にも心境の変化があることを期待したいが、そんな簡単なものではないだろうとも思っている。むしろ、真野が佐伯に好意を持ってしまうことで、後で彼女が傷つくことになるだろうことが心配だった。だからといって、俺に何ができるわけでもないのだが。

「先輩、はいっ三角巾。使って。つけ方わかる？」

「……小学校の家庭科のときにつけたような気がするな。頭につけるんだよな？」

「料理に髪が入らないようにね。こうやって後ろで結ぶんだよ」

真野に、四角い布を渡された。同じ布を頭につけた真野は、絵本に出てくる町娘のようになっている。俺も言われるままに三角に折ってから頭に巻いてみたが、自分では見られないので、つけ方があっているのかどうかわからない。まあ、髪が鍋や皿の中に落ちなければなんでもいいだろう。

きゅっと首の後ろで両端を結んで前を向くと、とたんに真野と佐伯が笑い出す。

「先輩、給食係みたい！　かわいい！」

「わあ久守くん似合うよ、家庭的な雰囲気になったよ」

「おまえたち仲いいな……」

今日は、真野の言っていた通り、いつもよりもスタッフの人数が多かった。皆に配るための物資が段ボールに入れられて山と積まれているし、カレーの鍋も大きなものが複数用意されていて、三列に分かれて並べるようになっている。

普段は、日用品を配る活動と炊き出しとは別の団体がそれぞれ別の日に行っているらしいが、今日は二つの団体が合同で、両方を同時に行うという。佐伯は日用品を配る係、真野はごはんをよそう係、俺は真野とは別の列でごはんにカレーをかける係を担当することになった。

三角巾とエプロンをつけた俺は、できる限りてきぱきとごはんにカレーをかけていった。炊き出しが終わったら、日用品を配るほうを手伝う予定だ。早くそちらに合流したかった。佐伯がどのホームレスと接触するかを見ておきたい。

普段公園で寝起きしているわけではないホームレスも、炊き出しの日はここへ来て食べ物や物資を受け取ることもある一方で、この公園で寝起きをしていても、炊き出しの列に並ばない者もいる。離れたところで眠っていたりすると、炊き出しに気づかないこともあるので、そういう人のところへは、スタッフが声をかけに行っていた。

普段人目につかない場所に一人でいるようなタイプのホームレスは、標的になりやすいだろう。そういう人にこそ、注意を払わなければならない。佐伯はきっと今ごろ、品定めを始めているはずだ。

ようやく鍋が空になり、それを台から下ろそうとしたとき、隣でごはんをよそっていたスタッフの腕に肘が当たった。幻視は起こらない。せっかく佐伯に接触するチャンスのある日だが、今日は視えない日のようだ。

残念に思いながら、ぶつけてしまったスタッフに「すみません」と声をかけると、「いいえ」

と笑顔を向けられた。

「ボランティアスタッフって、若い人も結構いるんですね。私、今日が初めてで」

人懐こく話しかけてくる。初めて見る顔だ。同年代の女性だった。カールした栗色《くりいろ》の髪が、三角巾からはみ出している。

小柄で、活発そうな雰囲気が、少し真野に似ていた。

「そうなんですか。俺も、いつも手伝っているわけじゃないんですけど」

俺は愛想笑いを浮かべて返しつつ、さりげなく目を逸《そ》らす。

初対面の相手の目をまっすぐに見てくるような、キラキラした人間は苦手だ。真野といい、ボランティアに携わる人たちは皆こうなのか。人のために何かしようと考える人間の特徴なのだろうか。

その中で、俺は明らかに浮いているだろう。佐伯は派手な外見をものともせずに溶け込んでいる。根本的なコミュニケーション能力が違うのだ。

知能犯のシリアルキラーは社交的で魅力的な人間が多いと、そういえば、世界の凶悪事件についてまとめたサイトの記事に書いてあった。

「先輩、カレー終わっちゃいました？　足りました？」

「ああ、こっちはなんとか」

別のテーブルでごはんをよそっていた真野が、わざわざ走って様子を見に来てくれた。

真野のテーブルでも、ちょうど全部配り終えたようだ。

「お鍋は私が片づけとくんで、先輩、そこの箱の下着と靴下のセット、あっちにいる男の人二人に渡してきてもらえますか？　恥ずかしがって、女性からは受け取らない人とかもいるんです」

「ああ、わかった」

さすがに、真野は慣れている。てきぱきと指示をされ、俺は女性スタッフに会釈をしてテーブルを離れた。

段ボールとブルーシートを組み合わせたテントのようなものの前でカレーを食べていた男性二人に、俺は下着と靴下のセットを渡しに行き、ほかに困っていそうな人がいないか辺りを見回す。

佐伯は少し離れたところで、帽子をかぶった男性と話をしている。遠目で見ても、体格や年齢から、その相手は幻視の中で視た被害者ではないとわかった。

俺がカレーを配っているとき、並んでいた人たちの中には、幻視した被害者はいなかった。

今こうして見回しても、茶色いコートを着てニット帽を被った男性は見当たらない。あの被害者はここで寝泊まりしているホームレスではないのか、それとも、今ここにいないだけだろうか。

ふと真野のほうを見ると、俺と佐伯を交互に指して、手招きしている。戻ってこい、ということのようなので、数メートル先にいる佐伯にも声をかけて二人で戻った。

真野のところへ戻ると、炊き出しに使った鍋は片づけられていて、テーブルにはスチロールの深皿に入れたカレーが三つ置かれている。

「お疲れ様でした。カレー、先輩たちの分とっておいたんだ。休憩して。どうぞ、こっちでゆっくり食べて」

そういえば、腹が減っていた。俺たちの分もあるとは思わなかったので、帰りにラーメンでも食べて遅めの昼食にしようかと思っていたが、ありがたくいただくことにする。

「僕たちも食べていいんだ」

「もちろん。おかわりはできないけど、ごめんね」

青みがかったアッシュグレーの髪の佐伯は、俺と同じくらい、青空の下でのカレーが似合わない。しかし、本人は嬉《うれ》しそうに皿を受け取った。

椅子はないので、三人で花壇のふちに腰を下ろして食べ始める。

ちょっと水っぽい、黄色っぽいルーは、俺が普段食べるものとは違っていたが、味は悪くない。

外でカレーを食べるなんて、小学校のときの課外授業以来だった。落ち着かないし食べにくいが、新鮮だ。

ふと見ると、佐伯はプラスチックのスプーンで、ルーのかかっていない白米をすくって食べている。不思議なことをするものだ。後でルーが足りなくなってごはんだけが余らないように調整しているのだろうか、と思っていたが、

「カレーもだけど、何かお米がすごくおいしい気がする」

佐伯がそう言ったので、米の味を確かめるためにそうしていたのだとわかった。

俺が口を開くより早く、真野が「あっそれ、先輩のお米かも」と応える。

「久守くんの？」

「こないだ先輩が持ってきてくれたの。全部じゃなくて、半分はもともと事務所にあったお米にしたんだけど」

「実家から、たくさん送られてきたから……」

「実家で作ってるお米？　へぇーすごい、いいなあ」

佐伯の意外な反応に、おっと思った。米をあげたら喜ばれそうな雰囲気だ。

しかし、ここでバッグから米を出すのもちょっとどうかと思ったので、その場で渡すのは思いとどまった。

ごちそうさま、と両手を合わせて、一番早く食べ終わった真野が立ち上がる。

「私、ちょっと回って、物資が行き届いてるか確認してくるね。先輩たちも、食べ終わったら見て回って、タオルとか毛布とか足りてますかって聞いておいて。あ、毛布はもう売り切れかも。その場合は、ほしいって言ってる人が何人いたか後で報告してください」

汚れた皿をゴミ袋に突っ込むと、たーっと駆けていってしまう。

素早い小動物のような後ろ姿を、俺と佐伯は並んで座ったまま見送った。

「真野って元気だな……」

俺がしみじみ呟《つぶや》くと、佐伯も「そうだね」と同意した。

「年は一つしか違わないのに、真野を見るたびに若いなって思うんだよな」

「あはは」

「生命力に満ち溢《あふ》れてるし、言ってることとかやってることとか、眩《まぶ》しくてときどき直視できない。俺にしてみれば、ボランティアに積極的な人たちはみんなそうだけど……」

「久守くんだってそうだろ」

「俺は流されてるだけっていうか、就活に役立つかなくらいの気持ちでやってるだけだから」

それどころか、今積極的に手伝っているのは、佐伯に近づくためだ。若干の後ろめたさを感じながら俺が言うと、佐伯は「それだって立派な動機だよ」と明るく言った。

「結果的に助かってる人がいるんだから、全然引け目を感じる必要なんてないと思うけどな。真野さんも『ひだまり』の人たちも、皆感謝してると思うよ」

「……だといいけど」

面と向かってこう言われると照れ臭い。佐伯も真野と同じで、まっすぐこちらの目を見て話す。本来俺にとっては直視できないタイプの人間だ。

連続殺人犯が本性を隠して社会に溶け込むために、感じのいい人間を演じている――とは、なんとなく思えない。

佐伯の正体を知っていても、こうして前向きな言葉をくれる彼もまた彼だと、そんな風に感じてしまう。

演技ではなく、本心から言っているのだと――しかし、だとしたら、それはそれで病的だ。明るく前向きで人に親切なのに、その一方で、人を殺すことを何とも思っていない。そんなことが、両立し得るのだとしたら。

「佐伯は……真野の、どんなところが好きなんだ？」

ふと思いついて口に出した。佐伯は、「えっ」とスプーンを持ったまま固まった。

「僕、そんなにわかりやすいかな？」

「真野は気づいてないと思うけど、見てるとなんとなくは……」

「えー、恥ずかしいな」

佐伯は珍しく動揺した様子だ。

からかうつもりはない。殺人犯でも人を好きになるのか、それも真野のような、暗いものから一番遠いところにいるような人間を、と思うと不思議な気がして、その心情が気になっただけだった。

佐伯はスプーンで皿に残った米粒を集めながら、照れくさそうに笑って言う。

「えーと……一番は、明るくて、曇りがないところかな。晴れた空みたいに」

「……そう、か」

照れながらも言うことは言うな、と感心した。好きな女の子のよさを比喩で表現するところなど、さすが芸術家というべきか。

これ以上突っ込むとこちらのほうが恥ずかしくなりそうだったので、俺は目を逸らしてカレーの器に向き直り、別の話題を探す。

佐伯は米の一粒も残さずきれいに食べ終えてプラスチックのスプーンを置いた。

「あ、でも、真野さん目当てっていうのも、ちょっとはあるかもしれないけど……ボランティアを始めた理由はそれだけじゃないんだ。それも、純粋な動機とは言えないかもしれないけど……人助けがしたいって思ってるわけじゃないから」

ドキッとしたが、顔には出なかったはずだ。カレーの最後の一口を食べるために、下を向いているときでよかった。

連続殺人の次の標的を探すためだ、と白状するわけはないから、佐伯の言っているのは表面上の理由のほうだろう。

「経験のために、だっけ。作品に活《い》かすためとか？」

そう、と佐伯は頷《うなず》く。

「こういう支援をする側とも支援を受ける側とも、これまでは交流がなかったから、興味深いっていうか……おもしろい心理だなって思って見てるよ」

それはある意味突き放した考え方で、「ひだまり」のスタッフたちが聞いたら気を悪くするかもしれない。しかし、正直な言葉のように聞こえた。

ボランティアを始めた直接の動機ではないにしても、人に心理に興味がある、というのは本当のようだ。

もしや、佐伯が人を殺すのも、人に対する興味からなのだろうかと、漠然と思った。もちろん、理由はどうあれ許されることではない。それに、そう思っただけで、知りたいから殺すというのも、俺には理解できない。

興味というなら、俺は間違いなく佐伯に興味を持っていた。

怖いし、気味が悪いとも思う。それはきっと理解ができないからだ。

もっと知りたい気がしていた。しかし、おそらく知らないほうがいいとわかってもいた。

俺と佐伯は皿とスプーンを捨ててから、そのままゴミ袋を持ってゴミを集めて回った。公園の住人たちに物資の不足を尋ね、足りないものはリストにする。

カレーは好評だった。用意していた支援物資もすべてなくなった。

真野や加地たちはいったん車で「ひだまり」の事務所へ戻るようだが、俺と佐伯はその場で解散だ。

帰り際、ビニール袋に入れた米を渡すと、佐伯は思った通り喜んで受け取った。お礼にコーヒーでも、と誘われたが、用事があるからまた今度、と断る。今日は幻視が起きにくい日だ。どうせなら、約束だけして、次につなげたほうがいい。

本当は、もう少し話をしたい気持ちもなくはなかったが、佐伯と親しくなる目的を考えれば、こうするべきだ。

「そっか、残念。じゃあ、また今度」

佐伯はそう言って、あっさりと反対方向の電車に乗るために去っていく。

困ったことに、俺も残念だった。

＊　＊　＊

炊き出しの翌日、佐伯の個展の最終日、俺は「扉」を訪ねた。

もうあと三十分ほどで、ギャラリーを閉める時間だ。最後にもう一度展示を見て、片づけを手伝うことになっていた。

個性的なファッションの若い女性二人が、俺と入れ違いに出ていったが、今日はほかにもまだ客がいるようだ。

三十代後半に見える女性が、通路に掛けられた絵を眺めている後ろを通って、奥へと進んだ。

佐伯はギャラリーのオーナーから信頼されているらしく、これまで佐伯が在廊しているときは彼に留守を任せてオーナーは外出していることが多かったのだが、今日は最終日だからか、二人ともいる。

日曜なのにスーツを着た姿勢のいい男性と、二人はにこやかに話をしていた。

「やあ、久守くん。来てくれてありがとう」

俺に気づいて、佐伯が声をかけてくる。

俺は、ああ、と頷いた。「やあ」なんて挨拶をする人間は、海外ドラマの中にしかいないと思っていたが、佐伯はごく自然にこういう話し方をする。

「この間のお米、すごくおいしかったよ。ありがとう。お米がおいしいとおかずがいらないんだなってびっくりした」

二言目に米を誉めてくれた。やっぱり米をあげるのはナシだったかな、と実は気にしていたのでほっとする。佐伯はいい奴だ。殺人犯でさえなければ。

米？　と不思議そうにしているスーツの男性に、佐伯は「さっき話した、彼です」と言った。俺の話をしていたらしい。話題にのぼるような人間ではないはずだが、まさか、炊き出しで生米を渡された話ではないと思いたい。

「紹介するよ。こちら、加山《かやま》さん。僕の通っていた高校の美術科のＯＢで、僕の在学中にも指導に来てくれてたんだよ。ご夫婦でデザイン事務所をされていて、今回の個展にも協力してくれたんだ」

「協力ってほどのこともしていないけどね。僕は単に、佐伯くんの絵のファンなんだよ。将来有望な後輩に唾をつけておこうっていう、ビジネスマンとしての打算もあるけど」

加山は、スーツの内ポケットから名刺を出して渡してくれた。名前の上に記載された「K-studio」というのが、彼の所属する事務所名だろう。俺にはよくわからないが、なんとなく、ロゴやフォントもおしゃれな感じがする。

ご夫婦の、と言いながら佐伯は絵を見ている女性のほうに目をやり、彼女もこちらを見て会釈をしたので、どうやら彼女が加山の妻らしいとわかった。黒いニットに白いパンツを合わせて、革ひもの先に大振りなガラスのモチーフのついたペンダントをつけている。派手ではないが、シンプルなスタイルがよく似合っていた。

「加山頼子《よりこ》です」

「久守です。……こんにちは」

おそらくもう二度と会うこともないだろう相手に、よろしくお願いします、というのも変な気がして、とってつけたような挨拶になってしまった。

加山は妻の隣に並び、彼女が見ていた絵を一緒に眺める。

大きく拡大された瞳の中に映った、女性の後ろ姿を描いたものだ。

「いいだろう、彼の絵」

そうね、と頼子は素直に頷いた。

なんとなくの印象だが、夫ほど、佐伯の絵に感銘を受けているわけではないようだった。

加山はそれに気づいた様子もなく、嬉しそうに絵について語っている。

「やっぱり、この絵が一番いいと思うんだよ。こっちのと迷ったんだけどね」

その言葉で、絵のタイトルの端に売約済の赤いシールが貼ってあったのを思い出した。この絵を買ったのは加山らしい。

ここは画廊なのだから、それ自体は何もおかしなことではないのだが、絵を購入する人間を見たのは初めてだった。夫婦で画廊に来るなんて、それだけでも、さすがデザイン事務所を経営しているだけあっておしゃれで高尚だなと思っていたが、やっぱり世界が違う。

「今日、持って帰られますか？　郵送もできますけど」

オーナーが笑顔で加山に尋ねた。

「今日はこの後用があってね。でも郵送はなあ。一般の配送会社は信頼してないんだよな。早く飾りたいけど……」

加山はスマートフォンを取り出して操作しながら首をひねる。スケジュールを確認しているようだ。

「私が車で取りに来ようか」

それまで黙っていた頼子が、静かに申し出た。

「明日なら、車でこっちに来る予定があるから。後部座席に載せれば安全でしょう」

「そう？　じゃあ頼もうかな。助かるよ」

ありがとう、とにこやかに頼子に礼を言った後、加山はその笑顔を今度は俺に向ける。

「久守くんは佐伯くんの友達なんだよね。君も絵を描くの？」

「いえ、俺は全然。……ただのファンです。もともと芸術方面に詳しいわけでもなくて」

美術部のOBだという加山に適当に話を合わせても、すぐぼろが出るだろう。正直に言った。それで俺に対する興味を失うかと思ったら、加山はむしろおもしろがるように頷く。

「でも、佐伯くんの絵にはビビッと来たわけか。足しげく通っているって、さっき聞いたよ」

芸術家というのは気難しいイメージだったが、佐伯といい彼といい、実に気さくだ。初対面の相手にも臆することなく、どんどん距離を詰めてくる。お互いにそういう性格だからこそ、佐伯と加山は親しくしているのかもしれないが、俺はこういうタイプとは会話をするだけで気力と体力を消耗する。ははは、と笑う自分の頬がひきつっているのを感じた。

「見る目があるよ。佐伯くんの絵は独特だよね。才能を感じる。投資としてもね、今のうちに買っておくのがおすすめ。僕が買った『追憶』のほかには、これとかおすすめかな――」

俺は加山に促され、もう何度も見た佐伯の絵を改めて鑑賞する。

頼子は、もう充分鑑賞したのか、絵の前から離れた。一度オーナーのいるカウンターへと目をやってから、夫へ視線を戻す。

「私、明日のことを決めたら先に事務所に戻るから、あなたはゆっくり観て。まだちょっと時間がかかりそうな作業があるの」

「ああ、わかった。ありがとう」

俺が加山と並んで絵を眺めている後ろを通るとき、頼子の手の甲が、ほんの少し俺の脚に触れた。触れるか触れないかくらいの接触だったが、今日は視えやすい日だったらしく、一瞬で視覚情報が流れ込んでくる。

頼子が、何やら書類を眺めている。手元の書類の、保険会社のロゴが見えた。生命保険の証券のようだ。詳細は読みとれなかったが、驚くような金額の掛け金と返戻金額が記載されている。

場所は、二人の自宅のリビングのようだ。ラフなスウェットの上下で寝室へ入っていく加山を、彼女の目が追う。加山は彼女のほうを見ず、声もかけない。

寝室は別々らしく、二つ並んだドアの一つに加山は消えたが、頼子はドアが閉まってからも、そちらへ目を向けていた。

それから、テーブルの上にあったノート型のパソコンを引き寄せ、あらかじめブックマークしてあったらしいページを開く。何かの売買を行うための掲示板のようだ。

聞いたこともないような単語が並んでいて最初はよくわからなかったが、その中に、映画の中のセリフで聞いたことのある向精神薬の名前を見つけた。薬品の取引を行う掲示板らしい。

頼子はゆっくり画面をスクロールしている。黒背景のモニターに、画面を見つめる彼女の顔が反射していた。その目は冷たく、昏《くら》い。

視界はすぐに戻ってきたが、気持ちが現実に戻るまで一秒かかった。

不穏な幻視だった。表面上は穏やかにしていても、冷めた夫婦。それくらいは珍しくもないとして、高額の保険証券と、怪しげな薬物の取引掲示板を見比べる妻。解約時の返戻金《へんれいきん》だけであの額ということは、有事の際に支払われる予定の保険金額はいったいいくらになるのか。きっと、殺人の動機になるには十分な額だ。

あの掲示板で取引されていた薬品に、違法な薬物や劇薬が含まれているのかは、俺に知識がないからわからないが、穏やかではないのは確かだ。

一般的に、夫に対して不満を抱えている妻は少なくないだろうし、生命保険の金額を見て一瞬よからぬことを考えてしまうというのも、比較的よくあること……なのかもしれない。具体的に毒殺の仕方やその売買のためのサイトを検索する、というと少し深刻な気もするが、そうすることでストレスを発散しているということも考えられる。

実行に移すかどうかは別問題だ。おそらく、俺の考えすぎだ。いつものように、無視していい幻視だ。

それに、仮に頼子が本気だとしても、俺には関係がない。

佐伯のことがあるから、最近は積極的に幻視をするようにしていたが、俺は基本的に、未来が視《み》えても他人には干渉しないことにしていたはずだ。

佐伯のように、殺人事件につながる幻視ならいざしらず——いや、これも、殺人事件に発展する可能性が大いにある、のか。

「久守くん?」

加山に声をかけられ、我に返る。考えこんでしまっていた。

「すみません、絵を前にするとぼうっと見てしまって」

それらしいことを言ってごまかすと、「わかるよ」と大きく頷かれる。

「心を持っていかれる感じだろう」

「そうですね……」

俺はそっと、頼子に目をやる。

大それたことなんてできそうにない、華奢《きゃしゃ》な背中だ。派手ではないが、知的で落ち着いた大人の女性といった雰囲気で、とても夜な夜な夫の殺害計画を立てているようには見えない。

きっと、この彼女が偽りで、幻視の中の彼女が本来の姿というわけでもないのだ。心が疲れてねじれてしまうことは、誰にだってある。

何かのきっかけで道を踏み外してしまう危うさもあるが、その一方で、何かのきっかけで目を覚ますことができれば、踏みとどまって歩き続けることもできるはずだ。

視えることに意味なんてない、と何年もの間思い続けてきたが、数日前にギャラリーで事件を未然に防ぐことができたように、また何かできることがあるかもしれない。柄にもなく、そんな考えが頭に浮かんだ。

俺が干渉することで、これから起きるはずの不幸な事件を止めることができるのだとしたら、俺自身も救われる。

「明日は何時にいらっしゃいますか？」

加山が購入した絵の引き取りについて、オーナーと頼子が話をしているのが聞こえた。

「午後からは用事があって……十一時半とか、十二時くらいなら寄れると思うんですけど」

「十一時半から十二時ですか……ここは十時から開けていますが、私がちょうど十一時過ぎから出なきゃいけない予定があるんですよねぇ」

「うーん、俺も、午後……一時くらいからなら来られるんだけどなあ」

お互いの都合が合わないようだ。よく留守番を引き受けている佐伯も同様のようで、困った顔をしている。

自分の能力で人を助けられるかもしれないと、らしくもなく前向きな気分になっていたところにこのやりとりを聞いて、背中を押されているような気がした。

「あの、俺でよければ」

気がついたら、声をあげていた。

「店番しましょうか。ちょうど一限が終わる時間なので、ちょっと寄って一、二時間留守番するだけなら……」

その場の皆の視線が俺に集まる。

口に出した後で、先走りすぎたか、と後悔した。

絵の価値などわからないが、画廊にある中には相当に高価なものもあるだろう。どこの馬の骨ともわからない大学生に留守番をさせることには不安があって当然だ。差し出がましいことをと、不快にさせたかもしれない。

気持ちはありがたいけど、いくらなんでもそれは……と言われることを覚悟したが、

「本当に？　助かるなあ」

「いいのかい」

佐伯もオーナーも、あっさりと俺の申し出を受け容《い》れた。

俺は拍子抜けしながら「あ、ハイ」と応える。オーナーは「これで解決」とばかりに手を打

って、早速頼子に向きなおり、「そういうわけで、明日十一時半に来ていただければ大丈夫です」と言った。

いいのだろうか。自分で言い出しておいて不安になる。佐伯の友人ということで信頼されたのだろうが、それにしても軽い。

「いやあ、ありがとう。絵はそのまま持ち出せるようにしっかり梱包しておくから」

「わかりました」

「ありがとう久守くん。俺も明日は午後からはフリーだから、帰りに合流してコーヒーくらい奢《おご》るからね。お米のお礼もあるし」

久守くんてほんといい人だね、と言って、佐伯が俺の肩に手を置く。

やった、と思った。こちらから接触するタイミングをはかっていたのでラッキーだった。

期待した通り視界が切り替わり、幻視が始まった。

パソコンの画面に表示された画像ファイル——写真が視えた。どうやら、佐伯は自室でデジタルカメラのデータを確認しているようだ。ずらりと並んだ画像は、画面を埋め尽くすほどの量だった。

データをパソコンに移したら、カメラのほうのデータは消去してしまっているのだろうか。だとすると、データの入手はかなり難しくなる。パソコンにはロックが掛かっている可能性が高い。

ついでに、パソコンのロックを解除するためのパスワードも視えればいいのにと思いながら俺は幻視に集中する。

佐伯はワイヤレスのマウスを操作して、写真の一枚を拡大した。

殺害現場の写真かと思ったら、違った。

写っているのは真野だ。

次々と新しい写真が表示されるが、そのどれもが真野の写真だった。こちらを向いている構図は一枚もない。昼の写真も夜の写真もあり、服装もさまざまで、何日にもわたって隠し撮りされたものだとわかった。

佐伯が次の写真をクリックしたところで幻視は終わる。

女の子を隠し撮り。それも、画面が埋まるほど大量に。連続殺人犯を相手に何を今さらという気もするが、心の底から引いた。

今目の前でにこにこと笑っている佐伯は、爽やかで、朗らかで、とてもそんなことをしているようには見えない。この笑顔の奥に秘められた異常性を思い、背すじが寒くなった。

「……いや、どうせ暇だから」

表情は強張っていなかっただろうか。

普通に話をしていると、まるで「ちょっと変わっているがいい奴」であるかのように錯覚してしまうが、気を緩めてはいけない。危機感をなくさないようにしなければ。

ありがとう、お願いします、と頼子も俺を見て言った。

その表情は穏やかで、彼女も、とても、夫に殺意を抱いているようには見えない。

＊　＊　＊

翌日、俺は大学の一限を少し早めに抜けて、「扉」に顔を出した。

時刻は十一時ジャストだ。出かける前のオーナーが、「悪いね」と言って缶コーヒーをくれた。

佐伯の絵はすべて壁から外されている。まだ作業の途中らしく、壁には空いているところもあるが、今かけられている絵は、見たところ、全部違う画家の作品のようだった。佐伯の絵と比べると、わかりやすく、きれいな花や海や庭園を描いたものが多かった。

加山の購入した一枚は昨日のうちに包まれ、持ち運びやすいように梱包材と包み紙の上から紐《ひも》をかけてある。

台の上に置かれたそれをオーナーは示し、じゃあお願いするよ、と言った。

「頼子さんが来たら、渡してくれるだけでいいからね。平日のこの時間だからそうそうお客さんは来ないと思うけど、頼子さんが帰った後は『CLOSE』のプレートをかけておけばいいよ。もし誰か来ても、今オーナーは留守にしていると言ってくれればいい。一時間くらいで、私も帰ってくるから」

簡単な指示を出して、オーナーは出かけていった。

カウンターの中に座るのは、なんとなく気がひける。俺は、カウンターの手前に置かれた、背もたれのない椅子に腰を下ろした。おそらく、客が絵の購入や配送手続き等をするときに座るためのものだ。

その位置に座ると、通路の向こうの入口が見えないことがわかったので、椅子ごと少し前に移動したが、ガラスごしに自分の姿が道行く人から見えているというのもそれはそれで落ち着かない。結局椅子を元の位置に戻した。ドアが開く音がしたらすぐに立ち上がればいい。

座ってしまうと、プロジェクタークロックの時刻表示は見えなくなるので、スマートフォンを取り出して時間を確認した。

昨日、頼子と加山に触れて幻視が起きてから十数時間が経過していたが、今ならまだ、アンテナは閉じていない気がした。もう一度頼子に触れれば、何か視えるかもしれない。

それで、彼女が毒物の売買掲示板を見ていたのがただの気まぐれか、気の迷いだったとわかれば、それでいい。しかし、もしも彼女が実際に、夫に対して具体的な殺意を抱いていて、これから行動に移すつもりなら……どうにかして、それを止めることはできないか。そのためには何ができるか。

俺は、まだほんのり温かい缶コーヒーを手に持って眺めながら考える。

毒物を使って夫を殺すつもりなら、ある意味、ナイフで刺そうと計画しているのを止めるよりも厄介だ。二人は夫婦で、寝食をともにしているのだから、いくらでも機会はあるし、他人が入り込むことのできないプライベートな空間で行われる犯行を、赤の他人が止めるチャンスはゼロに近い。

どうすれば止められるだろう。

俺の立場で、夫婦仲を修復するように動く……というのは現実的ではない。頼子の気持ちがわずかにでも「殺さない」というほうへ傾くように、働きかけるくらいしかできない。たとえば、殺人のほとんどは発覚して犯人は逮捕されているらしいとか、他殺の場合まず疑われるのは配偶者だから、逃れるのは難しいだろうとか、そういう話題を振ってみるとか——突然そんな話をすれば不審がられるだろうが、覚悟の上だ。

もちろん、頼子が確固たる意志を持って夫を殺すつもりでいるのなら、俺が何を言おうが無駄だ。けれど、彼女の場合、夫を殺したいと思う瞬間があっても本気ではないか、あるいは、魔が差すことがあるだけで、殺意はそこまで固まりきってはいないような気がしていた。

俺に視えたのも、殺すところではなく、あくまで、そのための薬物を売っている掲示板を眺めるところだったから、これから未来が変わる可能性は十分にある――きっと、まだ間に合う。

俺が干渉したところで、影響は微々たるものだろうとわかっている。それでも、境界線上で揺れている人間なら、赤の他人の一言が、境界線の上から引き戻すこともあるかもしれない。

ガラスドアが開く音がして、俺は立ち上がった。

一歩前へ出ると、入ってきた頼子と目が合う。

「こんにちは」

「あ、い……こんにちは」

一応店番をしている身だから「いらっしゃいませ」と言ったほうがいいのか、迷っているうちに先に挨拶をされてしまった。俺が同じ挨拶を返すと、頼子は目元を和らげて近づいてくる。

今日は深緑色の丈の長いニットと黒いパンツ姿で、革製の小さいバッグを肩にかけていた。

佐伯や加山よりも頼子のほうが、芸術家と聞いて思い浮かべていたイメージに近い。気難しいというのとは違うが、物静かで、派手ではないのに独特の雰囲気があった。夫と一緒にデザイン事務所を経営しているということだったから、彼女自身も芸術家なのかもしれない。

「ごめんなさいね、私の都合でわざわざ店番をさせてしまって」

「いえ、大丈夫です」

むしろ、自然にまた会える機会ができてラッキーだと思っていた。だから本当に大丈夫だったのだが、頼子は即答した俺に、困ったような笑みを浮かべる。

「久守くん、だった？　誰かが困っていると放っておけないタイプじゃない？　昨日は、とっさにああ言った、って感じだったから。この間、佐伯くんが過激なファンに襲われたときも、あなたが取り押さえたって聞いたし」

正義感が強いのね、と続けられて、もしやオーナーがあっさり店番を任せてくれたのもそれが理由だったのか、と思い当たった。あの一件で、正義感や責任感の強い人間だと思われたらしい。

いや、あれはたまたま、と説明しようとしたが、俺が口を開く前に頼子は、

「私も、そういうとき、あるから」

と言った。

「そういうところがある、って言ったほうがいいかな。誰に強要されているわけでもないのに、

つい、『私がやろうか』って言っちゃうの」

彼女は穏やかに笑いながら目を伏せる。

何故か、今がチャンスだと思った。

「あの」

思い切って口を開く。

「……大丈夫、ですか。その、何か、思いつめているというか……無理をしているように見えたので」

何と声をかけるかは、昨日からずっと考えていたが、結局決まっていなかった。決まらないまま、言った。

加山さんを殺そうとしているでしょうとは言えないから、ただ、彼女から不穏な気配を感じたことだけを伝える。

昨日初めて会ったばかりの大学生に突然妙なことを言われても、頼子はそれほど驚いた様子はなかった。

「……そう見えた？」

不信感や嫌悪感を示すこともなく、少なくとも表面上はごく冷静に尋ねる。

俺は、「はい」と頷いた。

「俺、そういうの、なんとなくわかるんです。……俺の身内にも、人前では無理をして頑張って、でも本当は大丈夫じゃなかった人がいて。頼子さんの雰囲気っていうか、笑い方とかが、その人の感じと似ていたので、気になって……俺の気のせいだったらいいんですけど」

失礼なこと言ってすみません、と急いで頭を下げる。

おかしなことを、そして不快にさせても仕方がないことを言っていると、自覚はある。

頼子のような真面目そうなタイプは特に、怒らせてしまうかもしれないと思っていたが、彼女は意外にも「そうね」と考えるような仕草で口元に手をあてた。

「ちょっと疲れてるっていうのはあるのかもしれない。さっき言った通り、私も、背負い込んでしまうほうだから」

俺の視線を感じたのか、顔を上げ、安心させようとするかのように笑ってみせる。

「自分から言い出したことで、押しつけられているわけじゃないのよ。暗にプレッシャーをかけられてるなんてこともないし、ありがとうとも言ってもらえる。でも、全然負担じゃないわけでもない。疲れたなと思うことだってしょっちゅうなのに、癖みたいになってるのよね」

何故かしら、別に感謝されたいわけでもないんだけど、と彼女は自問して首を傾げた。

「夫が仕事で帰ってこないときも、淋《さび》しいとは思わないの。一人になるとほっとするの」

その気持ちは、なんとなくわかる気がした。

俺は今は一人暮らしだが、家族や友人相手でも、一緒にいれば気を遣う。楽しいと思う気持ちに嘘《うそ》はなくても、意識していなくても、いつもどこかで緊張はしているのだろう。一人になったとき、淋しいと思うより安心するのはそのせいだ。

俺などよりよほどスマートにふるまっているように見える頼子が、自分と同じように感じているとわかり、俺は彼女に親近感を持った。

しかし、彼女の抱えている負の感情は、「疲れた」だけではないだろう。

頼子の発言は夫を疎ましく感じることがあると認めたようなものだったが、かなり薄められ、どんな人でもある程度は感じたことがありそうな、普遍的な気疲れの話へと変換されていた。

彼女は俺の指摘を突っぱねず一部だけを認めることで、自分の中にある昏いものをさりげなく隠した。わずかな動揺すら見せずに。

これは手ごわい。俺ごときが何を言おうが、彼女は揺るがないかもしれない。

「車、少しだけだからと思って、表につけてあるの。私に運べるかしら」

「あ、車まで運びます」

俺は梱包された絵を片腕に抱え、もう片方の手を支えるように添えて歩き出した。

頼子が先に立って、入り口の扉を開けてくれる。

車のドアも頼子が開けてくれたので、俺はそっと絵を後部座席に立てかけた。

「ここでいいですか?」

「ええ、ありがとう」

絵から手を放して車の中から上半身を出すとき、ドアを押さえてくれていた頼子の手に、俺はそっと腕を触れさせる。


頼子が、錠剤の入ったプラスチックの筒型容器を手にしているところが視えた。海外ドラマでしか見たことのないその容器から、海外から入手したのだろうとわかる。あの掲示板を通して購入したのだろうか。

場所は、キッチンのようだ。頼子は、容器のラベルをじっと見つめている。

やがて彼女は引き出しから布巾を取り出して広げ、その上にざらざらと錠剤を出した。粉が飛び散らないようにだろう、錠剤を布巾で包み、その上から栄養剤の空き瓶の底で押しつぶしていく。

表情を変えずに、黙々と、おそらく、明確な目的を持って。

幻視が終わり、俺は車から離れた。頼子は後部座席のドアを閉め、運転席のドアを開ける。

「ありがとう、お手数をおかけしました。オーナーと佐伯さんにもよろしく伝えてね」

「あ、あの！」

そのまま車に乗り込もうとする頼子を、俺はとっさに引き止めた。

まだ何を言えばいいのかはまとまっていなかったが、何か言わなければと思った。少なくとも現時点では、彼女は犯行を思いとどまっていない。

頼子は動きを止めてこちらを見た。

「限界かもって思ったら、それを相手に伝えてみるとか、それでもダメだったら離れてみるとか、そういう選択肢もあると思います。人って結構、一人で思いつめると……なんか……極端な行動に出ちゃうこともあるから、そうなる前に」

あなたは極端な行動に出そうに見える、と言っているのも同然だ。

不審に思われないよう、俺は急いで言葉を探す。

「取り返しがつかないことになる前に、色々、試せることがあるんじゃないかって……変なこと言いますけど、さっき話した俺の身内も、ストレスを溜《た》めこんで、その……決壊してしまったというか。警察沙汰になってしまった、ので」

ほとんど口から出まかせだったが、気づけばそれらしい理由づけになっていた。

平気な顔で無理をしていて、突然限界が来てしまった身内が、頼子に似ているから。頼子を見てその身内を思い出し、心配になったから。

愛人に刺された伯父のことが頭に浮かんだが、俺は伯父を刺した女性のことは知らない。一度幻視の中でちらっと視ただけなのだ。しかし、嘘も方便だ。

「俺、その人が無理してるみたいだって気づいてたのに、何もできなくて……そうなっちゃったので、おせっかいだと思いますけど、気になって」

「そう」

頼子はやはり怒りも気味悪がりもせず、動揺した様子もなく、静かに言った。

「大丈夫よ、私は。そこまで思いつめているわけじゃないから。心配してくれてありがとう」

穏やかに大人の対応で受け流し、運転席に乗り込む。ドアは開けたまま、シートベルトを装着しながら俺を見た。

「あなたも、あまり何でも背負い込むことはないわよ。お身内のことも、あなたが責任を感じる必要はないと思う。そんなだと、疲れちゃうでしょう」

ドアが閉まり、車の窓ガラスごしに、頼子がキーを回すのが見えた。

じゃあね、というように最後に俺と目を合わせて、彼女は車を発進させる。

俺は去っていく車を、その場に突っ立ったまま見送った。

俺の言葉が彼女に届いたのかはわからない。正直に言えば、手ごたえは感じなかった。

それでも、彼女の殺意にほんの少しでも迷いが生じたのなら、今日俺が店番を買って出た意味はあったと思いたい。

この短いやりとりでは、彼女に与えた影響は微々たるものだろうが、それでも何もしないよりはいい。これ以上できることはない、やるだけのことはやったと思う。

それに、事件を防げたかどうかなんて――これから先、彼女が夫を殺さずにいられるかなんて、本当にわかるのはまだずっと先のことだ。

そもそも、頼子が本気で夫を殺すつもりでいたのかどうかもわからない。

彼女たち夫婦にかかわるのはこれで最後にするつもりだった。

しかし、嫌な予感は拭えなかった。

＊　＊　＊

画廊で頼子に絵を引き渡してから、一週間が経《た》った。

あれから幻視は起きていない。

個展は終わってしまい、「ひだまり」のイベントもなかったので、個展の最終日に会って以来、佐伯には会っていなかった。

連続殺人の新たな被害者は出ていない。今のところ、加山が死んだり、病院へ運び込まれたりしたという話も聞かないが、加山に何かあったとしても、彼とは一度画廊で顔を合わせただけの俺に、佐伯はわざわざ連絡をよこさないかもしれない。気になっていたが、「加山さんは元気？」と俺から佐伯に尋ねるわけにもいかなかった。

幻視の中で薬を砕いていた頼子が着ていた服は、画廊に来たときに着ていたものと同じニットだったが、だからといって、あの日に薬を砕いたとは限らない。薬を粉にしたのはあの日だったとしても、その日のうちに夫に飲ませたかもわからない。

まだ彼女が薬を手に入れていないとしても、あのニットは今の季節にぴったりの服装だし、髪型も前髪の長さに至るまで画廊で会ったときと同じだったから、あれは、何か月も後ではなく、明日か、明後日か、ごく近い未来に起きることだ。

実際に夫に飲ませるかどうかは別としても、彼女は薬を手に入れ、錠剤を粉状にすりつぶすところまでは実行するということだ。あれから一週間だから、もう実行しているのかもしれない。そこで止まってくれるだろうか。

何の薬かはわからなかったが、もしもあの薬が命にかかわるようなものだとしたら――。

あの夫婦とはもう会う機会もないだろうから、俺が気を揉《も》んでも仕方がないのに、気がつくと彼らのことを考えている。俺らしくもない。人の秘密が視えてしまう能力のせいか、自分でもどうかと思うほど他人への共感力が低い人間だと自覚しているのに。

大学の階段教室で、講義を半ば聞き流しながら悶々《もんもん》としていたら、前の席に座った二人が、OBの講演会の話をしているのが聞こえた。

「弁護士の講演聞いてもさ、私たち法学部じゃないし意味なくない？　来週の、翻訳家の講演も、おもしろそうではあるけど。どうせなら、就活に役立ちそうなのがいいよね」

それで思いついた。

そうだ、就職活動。俺は夏ごろ、早期に来年度、再来年度の社員募集を始めていたオフィス用品の販売会社の面接を受けて、運よく内定をもらっている。あとは、気になった外資系の会社数社にエントリーシートを出してはいるが、本格的な活動は四年生になってからでいいだろうとのんきにかまえていた。しかし一般的には、大学三年生の秋となると、ちょっと意識の高い学生は、就職活動のためにあれこれと動いていてまったくおかしくない時期だ。

就職活動の参考にするために話を聞きたい、あるいは事務所を見学させてほしいと言えば、怪しまれずに加山夫妻に接触できるのではないか。

俺は美大生ですらなく、デザイン事務所に就職したいなどと考えたことは一度もなかったが、色々な職種を考えている、と言えばそれほど怪しまれはしないだろう。佐伯の絵を見てアートの世界にも興味が湧いた、ということにしてもいい。

頼子が犯行を思いとどまるよう、再度説得できればよし。そうでなくても、二人の様子を見て、大丈夫そうか確認することができるし、最悪事務所訪問を断られたとしても、こうして俺からアプローチしておけば、加山の身に何かあったら佐伯が教えてくれるだろう。

加山の名刺はもらっているが、いきなり連絡するだけの度胸はない。一度会ったきりの俺から連絡をするよりもスムーズだろうと、メッセージアプリを立ち上げ、まずは佐伯にメッセージを送った。

一週間ぶりに佐伯に連絡ができて、一石二鳥だ。間に立ってもらった礼だと言って飯でも奢る約束をとりつければ、幻視が起きやすい日を狙って接触する口実にもなる。

佐伯からの返事はすぐに来た。その日のうちに加山に訊いてくれたようで、具体的な候補日をあげて、事務所見学の約束をとりつけてくれる。

あっというまに話はまとまり、二日後の水曜に、名刺に記載された事務所を訪ねることになった。

加山は健在のようだ。少なくとも今は。

加山のデザイン事務所は、マンションの一室にあった。別のフロアには、エステサロンやマッサージの店も入っているようだったから、もともと居住用に限定されたマンションではないらしい。

出迎えてくれた加山はスーツではなく、ホワイトシャツに黒とグレーのニット、下はネイビースラックスという服装だったが、そのカジュアルさが絶妙で、ジャケットを一枚羽織ればすぐに仕事の相手にも会えそうだった。これがビジネスカジュアルというやつか。

就職先を探すにあたり、毎日ネクタイを締めたくないと言っている学生は多いが、俺はスーツか制服があるような仕事がいいと思っていた。毎日出勤する際の服選びでセンスを問われるような職場でやっていけるとは思えない。

それはそれとして、気負わないファッションでもだらしなくならず、着こなしている加山を見て、単純にかっこいいと思った。

就職活動の参考のためというのは建前だったが、せっかくの機会なので、少しでも見習えるところは見習いたい。

加山は先に立って事務所を案内してくれた。学生の俺に対しても人当たりよく朗らかで、妻に命を狙われる理由があるようには見えない。画廊で見た限り、頼子に接する態度も紳士的で、夫婦仲は悪くなさそうだったのだが、わからないものだ。

「普通のマンションでびっくりした？　二人でやってる小さな事務所だから、これくらいがちょうどいいんだ」

「いえ……むしろ、マンションの一室だと思ったのに、ドアを開けたら普通にオフィスっぽくてそちらにびっくりしました」

「はは、小規模な事務所だとこういうのは珍しくないよ」

俺の目には、加山は元気そうに見える。頼子はまだ、あの薬を夫に飲ませてはいないのだろうか。そもそも何の薬かもわからないが、一度で死に至るような強力な毒物ではなく、長期的に摂取することで体調不良を引き起こすようなものではないかと思っていた。あきらかに毒殺とわかるような殺し方は、頼子にとってもリスクが高く避けたいはずだ。

この流れで最近体調におかしなところはないですか、と訊くのは不自然なので、

「今日は、お時間をとっていただいてすみません。お忙しいんじゃないですか。デザイナーの方って、普段寝る時間もとれないくらいだって……」

ネット上の情報に基づいて、気を遣っている風を装って尋ねた。

加山は笑って、「今はそんな忙しい時期じゃないから」と応える。

「もともとうちは、業界の中ではそれほどハードじゃないと思うよ。納期が近いと徹夜になることもなくはないけど、規模も小さいしね、無理な仕事の受け方はしないから」

ソファのある一角に案内され、ちょっと待ってて、と言われる。

加山を待つ間、事務所内を見回したが、頼子の姿はない。

ドアが閉まっている部屋があり、「使用中」とプレートがかかっている。ソファのあるスペースからも見える壁に、佐伯の絵が飾ってあった。

「お待たせ。どうぞ」

加山が、コーヒーを持ってきてくれた。陶器のカップではなく、プラスチックカップにカップホルダーをつけたものだ。オフィス、という感じがする。

俺が礼を言って受け取ると、加山は自分の分のカップを持って俺の向かいに座った。

腰を下ろす直前、彼は一瞬顔をしかめる。

「大丈夫ですか？」

「ああ、ごめん、今朝からちょっと頭痛がしていて」

座ったときに何か硬いものでも踏んだのかと思ったが、違った。

体調不良の申告に、内心ドキッとする。あの白い錠剤が頭に浮かんだ。

「結構すとんと寝ついて、睡眠時間もちゃんととれたんだけどなあ。何だか起きにくくてね……」

「お疲れなんじゃないですか」

「そうかもしれないね。自覚はないんだけどな」

　頼子はあの薬を加山に飲ませたのだろうか。彼の頭痛はそのせいだろうか。頭痛がする程度なら、大した薬ではないのかもしれない。頼子は最初から夫を殺すつもりなどなくて、ちょっとした嫌がらせのつもりで薬を飲ませただけなのかも。それなら、俺がわざわざ干渉するまでもない——か？

「僕の仕事は、営業とか企画が主で……だから、デザイナーって聞いて皆が考えるイメージとは違うかもしれない。頼子が作ったデザイン案を叩《たた》き台にして、一緒に案をまとめたら、それを売り込んだり仕事をとってきたりするのが僕。そのほか細かいことも色々するけど」

　加山は俺にコーヒーを勧め、自分もカップに口をつけてから話し出した。

「美大出身ではあるけど、僕自身は芸術家ってわけじゃないんだ。デザインもやらないわけじゃないけど、センスはそれほどでもない。そういうのって、美大にいるとわかっちゃうんだよな。うまいやつとかすごいセンスのやつっていうのは、やっぱり見ればわかるから」

「そうなんですか」

「うん。でも、美術とかデザインはやっぱり好きだったから、今の仕事に就けてよかったと思ってるよ。美大では才能がないと気づいて心が折れちゃう人もいたけど、僕はそのへんは図太かったから」

　才能があるというのは、たとえば、佐伯のような人間だろうか。

俺には技術的な良し悪しはわからず、ただ、何となく気になるとか、惹《ひ》きつけられる、というだけだったが、知識も何もない人間にそう思わせる、そういうものが才能なのかもしれない。加山も評価しているようだったし、個展に通いつめてストーカーになった挙句刃傷沙汰《にんしょうざた》になってしまうようなファンができるくらいだから、佐伯は加山の言うところの「すごいセンスのやつ」なのだろう。加山も芸術を志して美大に入学したのだろうに、才能ある相手を妬むのではなく、その才能を認めて応援できるというのはすごいことだと思った。俺ならひがんで卑屈になってしまいそうだ。

おそらく加山には、卑屈にならないで済むだけの理由が——芸術の才能以外の部分で自信を持てる何かがあったのだろう。それは俺と違うところだ。

「久守くんは、美大生じゃないんだよね。絵にも詳しくないって言ってたけど」

「あ、はい。美術関係は全然明るくないので、これまでデザイン業界のことは調べたこともなかったんですけど……最近ギャラリーに行くことが多くなったのと、この間加山さんにお会いしたのもきっかけで、興味が出てきて。知らない業種も知りたいと思って」

「それは嬉しいな。美大出身者じゃないとデザイン事務所に就職できないってことはないからね。大きいところだと、デザイナーだけじゃなくて営業とか経理とか、色んな仕事があるわけだし」

加山は機嫌よく、事務所のことや学生時代のことなど、色々と話してくれた。

話を聞けば聞くほど、俺には縁のなさそうな業界だったし、そもそも就職に関してはかなり厳しい世界らしいとわかった。毎年新入社員を募集するわけでもないから、美大生でも、なかなか就職先が決まらず、留年して翌年再チャレンジすることも少なくないという。

俺は本気でデザイン事務所勤務を検討しているわけではなかったのでダメージはなかったが、まったく動じないのもおかしいだろうと、「そうなんですね」と肩を落としてみせる。それなりに気落ちして見えたらしく、加山は「まあまあ、可能性はゼロじゃないよ」と慰めてくれた。

俺は話が一段落したところでコーヒーに口をつけ、「そういえば」とさりげない風を装って室内を見回す。

「今日は、頼子さんは？」

「ああ、今、そこの会議室でクライアントとオンラインで打ち合わせ中。もう終わると思うけど」

加山は、「使用中」とプレートのかかったドアを示して答えた。

「基本的にはクライアントとの打ち合わせは僕がやっているんだけど、進行中のデザインの細部については彼女が直接話すこともある。もうすぐ戻ってくると思うよ。君が来ることは伝えてあるし」

クライアントとケンカしてないといいんだけど、と付け足す。

「ケンカするんですか」

意外だ。あの落ち着いた雰囲気の頼子が、それも、クライアントと。想像がつかない。

「納得がいかないことがあるときはね。頼子も、デザインに関しては譲らないところがあるから……。もちろん、いつもそうってわけじゃないよ」

「意外ですけど……それだけこだわりがあるんですね。芸術家って感じですね」

俺が言うと、加山はそうだねと頷いた。

「僕なんか、仕事なんだから割り切ってやればいいのにって思うこともあるけど……芸術家っていうのは、そういうものだからね」

俺の前だからだろう、表情に出さなかったが、その言葉には隠し切れない頼子への不満が滲《にじ》んでいる気がした。

加山は、自分は芸術家ではないと言っていた。もしかしたらそういうところが、ぶつかりあったりすれちがったりする原因の一つになっているのかもしれない。

加山がまた、コーヒーを飲みながら顔をしかめ、こめかみを指で押すような仕草をしたので、

「この間画廊でお会いしたとき、頼子さんも、ちょっとお疲れの様子でした。きりっとされてはいるんですけど、何か……どこか、無理をしているような感じがして」

俺は、言おうか迷っていたことを口に出してみた。ずいぶんおせっかいなやつだと思われるだろうが、どうせ今日を最後に二度と会うこともない。加山の頭のどこかに、俺の言葉が残ればいい。

「加山さんの頭痛も、ストレスのせいかもしれません。デザイン事務所の経営は大変だと思いますし、俺なんかが言うのも変なんですけど、お休みも大事だと思います。ご夫婦で、ゆっくりされる時間とか……」

突然何を言い出すのかと気味悪く思ったかもしれないが、加山は少なくともそれを表には出さなかった。ただ意外そうに俺を見て、数秒の間黙った後で、「そうだね」とわずかに目を伏せる。

「確かに……そういう時間は、なかなかとれていないかな。この間、佐伯くんの個展に一緒に行ったのも、クライアントのところに行くついでだったし……」

言いかけたとき、デスクの上の電話が鳴った。

加山は俺に断って立ちあがり、デスクまで行って電話をとりあげる。

それとほぼ同時に、会議室のドアが開き、頼子が出てきた。

「はい、加山デザイン……はい、お世話になっております。え？」

何かトラブルがあったのだろうか。加山の口調は落ち着いていたが、話す調子から、そんな雰囲気が伝わってくる。

頼子は、電話対応中の夫をちらりと見た後、ソファにいる俺のほうへ目を向けた。俺は急いで立ち上がり、頭を下げる。頼子は会釈を返してくれた。

「はい、プレゼン用の資料ですよね。……わかりました。今から……はい、大丈夫です」

すぐ行きます、と言って、加山は受話器を置いた。

会議室の前に立っている頼子を見て、

「田中《たなか》さんから電話。プレゼン用の模型が破損したらしいんだ。今日のコンペに使う予定だから、急ぎで直せないかって……今から行ってくる」

手短に説明する。頼子は頷いて、棚から持ち手のついた工具箱のようなものをとり、夫に手渡した。

「私は行かなくて平気？」

「ああ、修理だけだから。……久守くん、ごめん。急な仕事が入ってしまって。後は頼子に話を聞いて……事務所の中は、好きなだけ見て行ってくれていいから」

「あっ、はい、今日はありがとうございました」

俺は急いで頭を下げる。

加山はコート掛けからジャケットをとると、片手に工具箱を提げて、慌てた様子で出て行った。

ドアが閉まり、俺と、会議室の前に立ったままの頼子が残される。

俺が、今さらながらに「お邪魔しています」と挨拶すると、頼子は目元を和らげて「いらっしゃい」と言った。

「加山から、聞きたかった話は聞けた？」

「はい」

「私もコーヒー、淹《い》れようかな。おかわりは？」

「あ……お願いします」

コーヒーがほしいわけではなかったが、頼子と話がしたかった。

頼子は壁際のコーヒーメーカーのところへ行き、新しいプラスチックカップにコーヒーを淹れて持ってきてくれる。

それから、さっきまで加山が座っていたソファに浅く腰をかけた。

「事務所見学って聞いたけど……もしかして、心配して様子を見に来てくれたのかしら」

目を合わせた瞬間に見抜かれてしまい、とっさに言葉を返せない。

いいえ、就職活動の参考に……と言い訳をしようとして、思いとどまる。ごまかしたところで信じてはもらえないだろうし、そう言ってしまえば、それ以上夫婦のことは訊きにくくなる。それよりも、ある程度正直に認めたほうが、少し踏み込んだ話もできそうだ。

幸い、頼子が俺を気味悪がっている様子はなかったので、ここは素直に認めることにした。

「……はい、実はちょっと……それもあります。すみません」

「謝らなくてもいいけど」

頼子は興味深そうに、頭を下げた俺を見る。

「身内の人が思いつめて警察沙汰になってしまったって話、よっぽど後悔してるのね。本当に、あなたのせいじゃないと思うけど」

「気づいていたのに何もしなかったせいで、よくない結果になるのを止められなかったわけですから」

そういうことになっているので、そう応える。

さぞ、責任感の強い男だと思われているだろう。

設定にブレが出ないよう、実話を元にしてはいるが、実際には、伯父を刺したのは伯父の愛人で、伯母は夫が病院に運び込まれるまで夫の不倫に気づいてもいなかった。話の流れで加害者だったことにしてしまい、純粋な被害者である伯母には申し訳ないが、この際仕方がない。

「佐伯くんがナイフで襲われたとき、危険を顧みずに助けたっていうのも、そういう後悔があったから？」

「いや、それは……わかりません。たまたま体が動いただけで、その瞬間は意識していたわけじゃなかったと思います」

ここで話が終わっては意味がない。せっかく、頼子からこの話題に触れてくれたのだ。

加山と頼子の問題へと話をつなげるためには、どう持っていけばいいか。考えながら、俺は言葉を選ぶ。

「でも、あの女の人の様子がちょっとおかしいなっていうのは、気づいていました。佐伯の個展に来ているのを、見かけたことがあったので……それで、気にかけていたってほどでもないですけど」

「そう」

こうして話をしてくれるということは、頼子自身も、自分と夫のことについて、誰かに話を聞いてほしいと思っているのではないか。そんな気がしていた。

やはり殺意は固まったわけではなく、彼女も迷っている。止めてほしいと思っているのかもしれない。

背中を押すのも踏みとどまらせるのも、彼女の秘めた殺意の種に気づいている俺次第なのかもしれない。

だとしたら責任は重大だ。

緊張しながらも、頼子が自分から話をしやすくなるよう、パスを送るつもりで言った。

「彼女が実際にああいう行動に出たのも、そのとき俺が近くにいたのも、偶然ですけど……もしかしたら、思いつめている人間に気がつくというか、見つけてしまうというか……極端に言えば、このままでは本人や他人を傷つけるような行動に出るかもしれないみたいな、そういうサインを拾いやすいっていうのはあるかもしれません」

「私を見たときも、それを感じたのね。危ないかもしれないって」

「あの、もちろん、俺の考えすぎだろうとは思ったんですけど……ただ単に、忙しくて大変だろうなっていうか」

頼子が首を傾《かし》げたので、急いで付け足した。我ながら言い訳がましい。しかし彼女は気を悪くした様子はなく、

「全く的外れってこともないかもしれない」

俺ではなく、壁に掛けられた佐伯の絵のほうに目を向けて、ぼんやり呟くようにそんなことを言った。

それから、思い出したようにコーヒーに口をつける。視線は絵から離したが、やはり俺のほうは見ないまま、彼女は静かに話し出した。

「私と加山ね、二人で事務所を立ち上げて、軌道に乗り始めたころ、お互いにかなり高額の保

険をかけたの。そのときは、保険金が支払われる事態について具体的に考えていたわけじゃなかったけど……どちらか片方が欠けても、立ちいかなくなるような事務所だったから」

保険金、と突然生々しい単語が出てきてぎょっとする。

表情に出ていたのだろう、頼子は目をあげて俺を見て、少し笑った。

俺はばつが悪くなったが、黙って先を促す。

「いいことも辛《つら》いこともあったけど、この仕事は好きよ。加山もそうだと思う。でも、事務所の方針で意見が食い違うことも増えて……このまま続けていくのがいいことなのか、迷うようになった。お互いにね」

頼子は、何をどこまでどう話すかを自分自身で確認しているかのように、ゆっくりと少しずつ話を続けた。

「経験も積んだし、ある程度の実績もできたから、今なら、大手の事務所にいい条件で就職することもできるかもしれない。私も加山も。別々の事務所だっていい。離れたほうがうまくいくかもしれないとも思った。仕事とプライベートは、切り離したほうがいいんじゃないかってね。いっそもう事務所は畳んで、保険も解約しようかって思ったんだけど、途中解約した場合の返戻金って、何かあったときに支払われる額より大分低くなるから、もし解約した後で何かあったらって思うと、なかなか思い切ることもできなくて」

不規則になりがちな仕事だし、いつ何があるかわからないしね、と付け加え、そこでコーヒーを一口飲んだ。俺も、なんとなくカップに口をつける。今の今まで味なんて気にしていなかったが、少し薄めだった。加山や頼子が、毎日たくさん飲むからかもしれない。

「いっそ、どちらかが身体を壊して、事務所も畳むしかなくなって、まとまったお金をもらった後でやりなおし……なんてことができたら、それはそれで悪くないかもなんて、考えてしまうようにもなった。口には出さないけど、加山も同じようなことを考えてると思う」

もう火傷するほど熱くもないコーヒーの湯気をふうっと吹いて揺らめかせながら、頼子はついに、そんなことを言った。

「お互いにそんなことを思いながら、表面上は仲のいい――とまではいかなくても、問題のない夫婦を演じていたのね。……過去形じゃなくて、今もそうか。自分たちの精神安定のためにも、仕事の上でもそのほうがよかったから」

ぼかして話していたが、要するに、「相手が死んでくれれば保険金も入るし事務所も畳む踏ん切りがつく」と互いに思っているということだ。

それだけでも赤の他人の俺に話すようなことではないが、さらに頼子は、「誰にも言っていないんだけど」と前置きをして告白を続けた。

「私、ネットで睡眠薬を買ったのよ。効き目が強くて国内では流通していない種類の。学生のころに大ヒットしたサスペンス映画で、高所で作業する人の飲み物に睡眠薬を入れて、足を滑らせるのを待つみたいな話があって……確率の殺人って言うんだったかしら。そんなことを思い出して」

オレンジ色の透明な筒状の容器と、その中に透けて見えていた錠剤が頭に浮かぶ。

頼子が購入したのが致命的な毒物ではなかったことに安心したが、睡眠薬と聞いて、事務所見学をしたときの加山が頭痛をこらえていたのを思い出した。ぐっすり眠ったはずなのに起きにくくて頭痛がすると言っていた、あれはストレスのせいではなく、前夜に睡眠薬を飲んだせいだったのではないか。

おそらく頼子は購入した薬の効果を確かめるため、それをすりつぶし、実際に夫に飲ませてみたのだ。

「実際に使おうと思っていたわけじゃなくて、いざとなったらこれがある、って思うことで冷静になるみたいな……お守りにするようなつもりで買ったんだけど、あのときは私、普通じゃなかったかもしれない」

夫を殺すために買ったのだと明言はしなかったし、少量を実際に飲ませてみたとも頼子は言わなかったが、それにしても、リスキーな告白だった。

赤の他人だからこそ話せたのかもしれない。俺が彼女や加山に、ほとんど何のかかわりも思い入れもない、通りすがりに近い人間だから——これまで彼女が抱えた昏い感情について指摘した人間が俺以外いなかったというのもあるだろうが、きっとそのほうが大きい。

「ごめんなさいね、こんなことを話して」

頼子は俺と目を合わせて微笑む。

俺は慌てて、いいえ、と首を横に振った。

頼子の中には、誰かに聞いてほしいという気持ちがあったのだろう。

やはり彼女は、踏みとどまろうとしているのだ。話すことで、彼女の中にあった殺意は過去のものになる。一瞬魔が差したことがあったという、それだけのことに。

俺に話せたというだけで、彼女はもう、境界線のこちら側へ戻ってきたようなもの——少なくとも、戻りたいと思っているのは間違いない。

俺がそうなるきっかけを作れたのだと思うと、それだけで安堵《あんど》と喜びが胸にわきあがった。

「そういう風に思ってしまうこと自体は、人間だから、あるのかもって思います。だから、そのこと自体を、あんまり気に病むことはないんじゃないかなって……俺は思います。でもそのままの生活をずっと続けていたら、たぶん、疲れて……思うだけでは終わらなくなるから」

そうなる前に、どうにかしないと。どうにかするのがだめだとわかったら、離れないと。

相手をだけでなく、まずは自分を守るためにもだ。

頼子はじっと俺を見ていたが、

「そうね」

右手に持っていたコーヒーのプラスチックカップに左手を添えて、少しの間目を伏せてから顔を上げた。

「さっきの話……久守くんの身内の人の話だけど、その後どうなったのか、聞いていいかしら」

思いつめた妻が夫を刺したという話、その結末に興味を持ってもらえたのなら、いい傾向だ。作り話だったが、訊かれるかもしれないと思って、顚末《てんまつ》については考えてある。俺は頷いて口を開いた。

「身内っていうのは、伯父夫婦なんです。俺は当時小学生で、詳しいことは聞いていないんですけど、伯父が不倫をしていたようで。勤務先の部下だった女性と……それが発覚して、刃傷沙汰になったんです」

別れ話がこじれて不倫相手に刺され、病院へ運ばれて不倫が発覚した、というのが本当のところだが、そこは伏せる。

「伯母様が？」

頼子に尋ねられ、俺は心の中で伯母に謝罪しながら頷いた。

「傷はそれほど深くはなかったみたいで、命に別状はなかったんですけど、伯父は病院に運びこまれて、警察も来て……でも、被害届は出さなかったんじゃないかと思います。身内の恥みたいな話ですから」

これは本当だ。伯父夫婦は加害者の女性と示談して、彼女が退職し、伯父と二度と会わないことを条件に、「あれは事故だった」と警察に報告した。

今思えば、伯父は刺されたことで、加害者から被害者になり、ほっとしたのではないか。俺は、伯父が刺されたことは自業自得だと思うが、周囲からはけがをしたことで多少は同情もされただろうし、愛人だった女性は加害者という立場上、被害者側の要求をのまざるをえなくなった。

頼子が夫を殺そうとして失敗したら、彼女も同じ立場になるかもしれない。

きっと成功しても失敗しても、頼子は幸せにはなれない。今思いとどまるしかないのだ。

そこまでは口には出せなかったが、伝わりますようにと願いながら話した。

「でも、伯父夫婦は結局、離婚はしていなくて。しばらく別居はしていましたけど、今は普通に一緒に住んでいます。結構仲がよさそうですよ。夫婦ってわからないものだなって思いました。もちろん、当時は俺は小学生だったので、そこまで考えていませんでしたけど、後になってから」

「そうなの」

伯父を刺したのは愛人で、妻ではなかったが、あえて妻が刺したのだというように話したのは、そのほうが頼子が自分と重ねて聞いてくれるのではないかと思ったからだ。

その目論見は成功したようだった。

一度は殺意を抱いた相手と、今は元通り――かどうかはさておき――夫婦として生活している人がいるとわかったら、頼子の気持ちも少しは軽くなるだろう。

相手に殺意を抱いただけでなく、実行に移した後でも、やりなおせた例があるのなら――自分にもチャンスがあるはずだと、そう感じてくれたならいいが。

頼子はそれからコーヒーを飲み終わるまで無言でいた。俺もつきあって、ゆっくりコーヒーを飲んだ。

沈黙の後、頼子はカップを置き、「話を聞けてよかった」と言った。

「私も……もう一度ちゃんと、加山と向き合ってみる。夫婦としてやり直せるかもしれないし、話し合ってそれでもだめなら、これを機会に、きちんと別れるのもいいかもしれない」

どちらにしたって、今のままより健全よね。

そう言って微笑み、空のカップを持って立ち上がる。

俺もそれに倣《なら》った。

「今日はありがとうございました。急にお邪魔したのに」

加山さんにもよろしくお伝えくださいと頭を下げる。

「こちらこそ。……ありがとう」

俺を玄関まで見送ってくれた頼子の表情は、先ほどまでより晴れやかで、吹っ切れたように見えた。

自分に何ができるのかと疑問だったが、それだけで、今日ここに来てよかったと思った。

＊　＊　＊

加山の事務所を訪ねた翌日には、佐伯にメッセージアプリで連絡し、「仲介してくれたお礼に一杯奢る」と伝えてあった。佐伯からも「是非」と返事があったのだが、なかなか互いの予定が合わず――というのは建前で、実際は、幻視が起きやすい日を待っていたのだが――、二人で飲むことが実現したのは、加山の事務所を訪問してから二週間近く経ってからだった。

通学途中の電車の中で、ほかの乗客に身体が触れ、今日は幻視が起きやすい日だ、とわかったので、すぐに佐伯に「今日はどうだ」と連絡した。佐伯の都合も合うということだったので、午後の講義の後、駅前で合流する。

店を探して歩いているとき、ばったり加山と会った。

今日は一人で、スーツを着ている。

「加山さん。こんにちは」

「お疲れ様です」

二人で声をかけると、彼は振り向いて「おっ」という表情になった。

「二人で飯か？　仲いいな。俺はこれから打ち合わせ」

メールで礼は伝えていたが、直接会うのはあれ以来だ。

いつまでも気にしていても仕方がないから、もう俺から連絡はとらないと決めていた。

もう会うこともないだろうと思っていたが、そう思っているときに限って、こうして顔を合わせてしまうものなのかもしれない。

「この間はありがとうございました」

「いや、あのときは途中で仕事に行っちゃって、悪かったね」

「いえ、あの後、頼子さんにもお話を伺《うかが》えましたし……」

加山は顔色がよく明るい表情で、前に見たときよりも元気そうだった。

なんとなくだが、事務所で俺に打ち明け話をした後の頼子と同様、何か吹っ切れたような印象を受ける。

「頼子さんはお元気ですか」

そうなるきっかけがあったのだろうかと期待しながら尋ねた後、二週間前に会っているのに不自然な質問か、と思ったので、

「あのときは、ちょっとお疲れの様子だったので」

と付け足した。

加山は笑顔で、ありがとう、元気だよ、と応える。

「でも、彼女は疲れているのを隠すタイプだから……そうだね、気をつけて見ておくようにするよ」

妻を気遣う言葉を口にする、その様子を見て、俺の期待はさらに膨らんだ。加山夫妻の関係性は、変わりつつあるのではないか。

きっと、頼子はあのとき話していた通り、夫と向き合って話をすることができたのだ。

「お会いできてよかったです。直接お礼を言えたので……デザイン業界は俺にはやっぱり敷居が高いかもしれないと思いましたが、見学できてよかったです。その、視野が広がったというか……いい経験でした。ありがとうございました」

俺は、加山に右手を差し出した。

自分から人に握手を求めるなんて、人生初だ。しかし加山はそういうことに慣れているらしく、あっさりとその手を握り返してくれた。

「ご丁寧にどうも。そう言ってもらえたら、来てもらった甲斐《かい》があったよ」

しっかりと手のひらが重なる。

そこから視界が切り替わった。


視えたのは、シックな内装の花屋の店内だ。色とりどりの花がディスプレイされた棚の前で、加山はスマートフォンのスケジュール管理の画面を眺めている。

画面には月ごとの予定を一覧にしたカレンダーが表示され、上部には「6月」とあった。今から半年以上先の未来だ。

カレンダーの7日の欄に、「結婚記念日」と花の形のスタンプがくるくると回っている。

加山がスケジュール管理アプリを閉じると、ホーム画面に6月7日と表示されていた。

店員が、黄色を基調とした花束を抱えて店の奥から出てくる。

加山はそれを受け取り、笑顔で店を出ていった。足早に。ショウウィンドウのガラスに映る彼は笑顔だった。きっとこれから自宅へ、あるいは事務所へ戻るのだ。

加山の手が離れ、視界も現実に戻ってくる。

「じゃあ」と彼が去っていくのを見送りながら、俺は高揚していた。

来年の6月、あるいは、そのまた次の年かもしれないが——これから訪れる未来で、加山たち夫婦は、幸せな夫婦でいられるのだ。

俺が干渉したせいかは確かめようもないが、もう心配はいらないだろう。

幻視をした後にこんなに明るい気持ちになったのは初めてだ。

行こう、と言って佐伯の背中を軽く叩くと、今度は佐伯の未来が視えた。


床にブルーシートを敷いた、作業部屋のような場所で、佐伯がイーゼルに立てかけた絵に色を塗っている。

まだ下地の色を重ねている状態で、それが何の絵かはよくわからないが、傍らには小さなテーブルがあり、そこには真野の写真が並べられている。


殺人現場の幻視ではなく、証拠を入手するために有用な情報も得られなかったが、俺は何故かほっとした。

未来は変わりつつあるのかもしれない。

以前佐伯に触れたときに視た、二人の被害者が、殺されないで済む——そんな風に未来を変えることも、できるのかもしれない。

だって、変えられない未来なら、俺に視える意味がないではないか。

俺が不穏な未来を幻視するのは、それを変えるチャンスを与えるためだとしたら、やはり佐伯を止めるのは、俺の役目だ。

柄でもないとは思うが、俺は改めてそう感じ始めていた。

＊　＊　＊

町中で偶然加山と会って、握手をした、ひと月ほど後のことだ。

加山頼子が、交通事故で亡くなった。

何かの間違いかと思ったが、誤報ではなかった。俺は佐伯からの連絡で、それを知った。

佐伯も詳しいことは知らなかったが、夜遅く、隣県での仕事から帰る途中、カーブでガードレールに突っ込む自損事故だったという。

居眠り運転のようだ、忙しい時期だったから疲れが溜まっていたのだろう、と佐伯は言った。

悲しみを感じるより先に、混乱した。

まさか、そんなはずはない。

だって俺は、幸せな二人の未来を幻視したのだ。

二人はわかりあって、幸せになるはずだった。来年以降も一緒に過ごして、結婚記念日を一緒に迎えて、頼子は夫から花束を受け取るはずだったのに。俺は確かに、その未来を幻視したのに。

未来が変わったのだろうか。

一度はいい方向へ動いたと思った未来が、また不幸な方向へ？　そんなことがあるのか。

確かに視たはずの未来が変わってしまうなら――未来を知った者が干渉してもしなくても、刻一刻と変わるものだというなら、それこそ、俺の幻視に意味はないということになる。

俺は混乱した頭のまま、葬儀に参列するために佐伯と待ち合わせをして斎場へ向かった。

受付で名前を書いたときも、焼香のために並んでいるときも、まだ、わけがわからなかった。

加山の言葉、頼子の表情、彼らに触れて視えたもののことが、ぐるぐると頭を回る。

一般参列者の焼香が終わると、僧侶が退場し、喪主を務める加山が挨拶をして閉式となった。

加山は弔問客の一人一人に、丁寧に頭を下げている。

新しく入ったアシスタントだという女性が、対応を手伝ったり、あれこれと気を配っている様子が見てとれた。

「大丈夫ですか？　加山さん、少しは座って休んでくださいね」

「ああ、ありがとう。大丈夫だよ」

そんなやりとりが聞こえてくる。

加山は疲れた様子で、顔色もよくなかった。

こんな状況で、妻をなくした夫にかけられる言葉を、俺は持っていない。

佐伯が加山に一言二言話しかけ、加山が頷いているが、何を話しているのか、頭に入ってこなかった。

自分の番が来ても、俺はただ、型通りのお悔やみを告げて頭を下げることしかできなかった。

曇っていた空から、ぽつぽつ雨が降り出した。誰かが、涙雨ですね、と言うのが聞こえる。

傘が要らない程度のごく弱い雨だった。

俺と佐伯は斎場を出て、しばらく無言で駅までの道を歩いた。

「わからないものだね。一、二か月前は元気そうだったのにな」

歩き続けて、喪服を着た人間がまわりに誰もいなくなってから、佐伯が口を開く。

「忙しくて、最近疲れ気味だったんだって」と言うのに、俺は無言で頷いた。

連続殺人犯でも、知人の死には思うところがあるのか、佐伯も神妙な顔をしている。

「僕、四年前……高校生のとき、結婚式にも出たんだよね。加山さん、当時美術部にOBとして来て、指導とかしてくれてたから……ちょうど今くらいの時季だったな。肌寒くなってきたころで」

まさかお葬式に出ることになるなんて、と言った佐伯の言葉に俺はまた頷こうとして、違和感を覚えた。

今くらいの時季？　結婚式が？

「……頼子さんは、結婚記念日の直前に亡くなったってことか」

「うん、もしかしたら直後かもしれないけど。加山さん、大丈夫かな。仕事の上でも私生活でもパートナーだった人をなくしたわけだからさ」

聞き間違いかもしれないと思って確かめたが、佐伯は自信を持って、二人の結婚は今ごろの時季だったと言った。

——どういうことだ。

俺は、ひと月前、幻視の中で視た光景を思い出す。

佐伯の思い違いだろうと、聞き流してしまえばよかったのかもしれない。しかし、何かがひっかかった。

この違和感は、無視してはいけないもののような気がした。

今は11月だ。佐伯は、加山たちが結婚したのはこの時季だったと言うが、幻視の中で加山は、6月に結婚記念日の花束を買っていた。確かにスマートフォンのカレンダーには、6月7日結婚記念日と表示されていたはずだ。

未来だけでなく、過去まで変わったのか？　幻視が「外れた」のか。俺が見間違えたのか？　ますます混乱する。

来年か、その次か、いつかの6月、幸せな結婚記念日を迎えるはずだった頼子は死んだ。そして、そもそも、二人の結婚記念日は6月ではなかった。

その意味を考える。

駅に着き、反対方向の電車に乗る佐伯とは改札を入ったところで別れ、一人になって、ホームへ続く階段を上がりながら、いくつものイメージが頭の中をめぐる。

幸せそうな加山。

頼子の印象とは少し違う、明るい色合いの花束。

6月の結婚記念日。

頼子と加山が結婚したのは、11月……

——まさか。

俺は階段を上がり切ったところで足を止めた。

俺の幻視は人の未来を視る。

それも、たいてい、その人が他人には隠しておきたいと思うような、後ろ暗い秘密ばかりを。

あのときは明るい未来が視えて、ああ、二人は幸せになるのだと安心して、深く考えなかったけれど——あの幻視の意味を、あのとき俺はもっと考えるべきだった。

ようやく気がついた。

加山が花束を買って嬉しそうに店を出て行った、あれがいつの6月かはわからないが、あの幻視は、外れたわけではなかった。やはりあれは、これから加山に訪れる未来だ。

6月に加山が花を買っていた、あの幻視は現実に起きることで、頼子と加山の結婚式は晩秋だという、佐伯の記憶も正しい。両方間違いでないとしたら、簡単なことだ。

あの幻視の中の加山がともに結婚記念日を祝おうとしていた相手は、頼子ではないのだ。

彼はこれから、他の誰かと結婚して、来年か再来年か、何年後かの6月に、その女性と一緒に黄色の花束で記念日を祝う。

俺が視たのは、その未来だ。

加山夫妻に接触して、頼子と話をして、頼子の気持ちと一緒に、彼らの未来も変わったのだと思っていた。変えることができたのだと思っていた。

けれど、それが間違いだったのだ。

頼子が夫に殺意を抱いて、思いとどまって、けれどそのひと月後には死んでしまうということも、いずれ加山が別の女性と再婚して、結婚記念日を祝うことになるのも、両立することだった。すべては決まった未来だった。俺の干渉で、何かが変わったわけではなかった。

それは俺にとって残酷な事実だったが、受け容れるしかない。

そして、それとは別に、もう一つ気になることがあった。

加山にとっては幸せで明るいはずのその未来が、後ろ暗い秘密ばかりを視る俺の幻視の中に現れたということの意味だ。

居眠り運転で事故を起こしたという、頼子の死因を聞いたときから気になっていた。彼女が手に入れたあの睡眠薬は、どうなったのだろうか。

交通事故、それも自損事故で、薬物の検査はされるものなのだろうか。もしも遺体を調べて睡眠薬の成分が検出されたとしても、夫が「妻は睡眠薬を服用していたようだ」と証言すれば、警察も保険会社も信じるだろう。それが国内には流通していない強力な薬でも、調べれば、頼子が自分でそれを購入したことはわかる。購入した本人が死んでいるのでは、それ以上調べられはしないだろう。

頼子は学生時代に観た映画を思い出して、夫を殺すための睡眠薬を買ったと話していた。彼女は実行を思いとどまったが――頼子と同じ年代の加山も、その映画を観たことがあったのではないか。だとしたら。

嫌な仮説が頭に浮かんで、俺は頭を振った。

そんなことをしても、浮かんだ考えが消えるわけではなかったが、振り切るように歩き出す。

俺の想像にすぎない。仮にそうだとしても、証拠はない。

それに、もう、取り返しもつかない。

彼らとはほんの短い時間かかわっただけで、もう会うこともないと思っていたし、これから忘れていくだけだった、その程度の関係だったけれど――助けられたと思った。彼女のことも、加山のことも。

そうすることで、少しだけ、俺自身も救われたと思ったのに。

最後に会ったときの、彼女の晴れやかな表情を思い出した。

俺はそれも振り払った。

今加山に触れたら、さっき見たアシスタントの女性と幸せそうにしている彼の未来が視えるかもしれないと思ったが、それももう、俺には関係のないことだ。確かめても意味はない。今度こそ、もう二度と、俺は加山と会うことはないだろう。

忘れることだ。

自分にできなかったことのことを、いつまでも考えても仕方がない。

やっぱり、かかわらなければよかったのだ。

やりきれなさと無力感に包まれた。

しかし、佐伯は――佐伯のことだけは、ここで投げ出すわけにはいかない。

足を止めると自分の思考に飲み込まれそうな気がして、俺は必要もないのにホームの端まで歩き続ける。

今回の一件でわかった。一度視えてしまった未来は変えられない。

俺が幻視した二人の被害者の死も、避けることはできないのだろう。それならせめて、その証拠を手に入れて、警察に届け出る。佐伯がどんなにいい友人でも。

そうしなければ、きっとまた次の被害者が出る。

＊　＊　＊

それからわずか数日後、河川敷で寝泊まりしていたホームレスの男性が遺体で発見された。

刃物で刺された上、何度も切りつけられた痕があり、連続殺人事件の新たな被害者と目される、という報道を観たが、俺は驚かなかった。

決まっていた未来だ。

止められないとわかっていたが、やはり、苦い思いが胸に湧いた。

彼の死を無駄にはしない。

一件目と二件目の事件についてはわからないが、少なくとも三件目のこの事件については、佐伯は犯行直後に被害者を写真に撮っている。おそらく一件目と二件目でも撮っているだろうが、三件目は間違いない。事件が起きてまだ時間が経っていないから、データがカメラに残っている可能性も高い。

多少無茶をしてでもその写真を手に入れ、後はただ警察に駆け込めばいい。

証拠を入手するだけなら、俺にもできるはずだ。そしてそれは、俺にしかできない。

どうせ無理だ、怖い、もうかかわりたくないという気持ちを抑え込み、気持ちを奮い立たせた。

頼子のことは助けられなかった。かかわったのが間違いだった。

もう、自分を過信して他人事に首を突っ込むなんて、らしくないことはしない。

けれど、最後に一度だけ、これだけはやり遂げなければならない。

佐伯は、これからも人を殺す。

俺が止めなければ。

III

佐伯《さえき》が犯人だと示す証拠を探すにあたり、俺は期限を切ることにした。

できる限り粘りたい気持ちもあったが、チャンスを待っていつまでも様子見を続けていては、またいつ次の被害者が出るかわからない。連続殺人事件のこれまでの犯行は、前の犯行からひと月以上空いていたこともあって、三人目の被害者が発見されてから一か月と決めた。

幻視したクリーム色のニットの女性の顔は視《み》えなかったから、彼女を探して警告することはできない。佐伯のほうを止めるしかない。

未来が視えてしまった以上、おそらく彼女の死を止めることはできないだろうとわかっていたが、できるだけのことはしたかった。最悪でも、彼女を最後の被害者にしたい。

できないことをしようとすると痛い目をみるのはよくわかった。未来を変えることはできなくても、せめて、これ以上、殺人の幻視をしないで済むように。

きっと、こんなふうに、正義の味方のまねごとをするのはこれが最後だ。

期限を切ることで自分を追い込み、期限内に証拠をつかめなかったら、証拠なしでも警察に通報することにする。

そのときは、三件目の事件現場の近くで犯人らしき若い男を見たと通報するつもりだった。三人目の被害者の服装は、詳しくは報道されていない。事件当夜、怪しい男が茶色いコートを着たホームレスと一緒にいるのを見た、髪を灰色に染めている男だった、と言えば、それなりに具体性があり、無視されずに済むはずだ。

仲間のホームレスからの情報提供のふりをして、「ボランティアの炊き出しのときに見かけたことがある男だった」くらいのことは言ってもいいかもしれない。そうすれば、警察も佐伯に行きつくだろう。

とはいえ、いたずらだと思われる可能性もゼロではないし、何より、警察が動いたとしても証拠をつかむ前では、警察がうろうろし始めた時点で佐伯に警戒され、証拠を隠滅されてしまうかもしれない。できる限り、証拠をつかんでから動きたかった。

三件目の犯行現場は河川敷とされていたが、その詳しい場所までは報道されていない。どのあたりで犯人を見たと証言すれば信憑性《しんぴょうせい》があるか確認するために、俺は散歩のふりをして河川敷をうろついて、幻視した光景に合致する高架下に当たりをつけた。

ニュースでちらりと観《み》たときは、現場保存のためテープが張られ立ち入りを制限されていたようだったが、数日経《た》った今はそれも撤去されている。血液など事件の痕跡は消されていたが、高架下の風景が、幻視の中で被害者が倒れ込んでいたコンクリートの壁とぴったり一致した。

長居したい場所ではないので、確認だけして、俺はすぐにその場を後にする。

河川敷から少し歩けばすぐに、いつも真野《まの》たちが炊き出しをしている中央公園だ。俺は公園の中を通り抜けて駅へと向かった。

三件目の事件の被害者となったホームレスの男性は、普段から河川敷で生活をしていて、中央公園で寝泊まりしていたわけではなかったようだが、これくらいの距離なら、ときどき公園での炊き出しに参加することくらいはしていてもおかしくない。俺が炊き出しを手伝ったときには見かけなかったと思うが、たまたま気づかなかっただけで、もしかしたら佐伯とは顔を合わせていたのかもしれない。

佐伯が中央公園に集まるホームレスたちの中から被害者を選ぶだろうことはわかっていたのに、俺は何の行動も起こすことができなかった。そのことを思うとまた落ち込みそうだったが、できなかったことよりこれからすべきこと考えようと決める。

佐伯の自宅を訪ねる口実を思案しながら歩いていると、数メートル前をゆっくりと歩いている小柄な後ろ姿が目に入った。カーキ色のカジュアルなコートを着て、リュックを背負い、ショートブーツを履いている。

真野だと思って近づいて、声をかける直前に別人だと気がついた。帽子をかぶっていたのでよく見えなかったが、髪が真野より長い。斜め後ろから横顔も見えた。

服装の感じや雰囲気が似ていて、危うく間違えて挨拶をするところだった。特にコートは真野のものと似ていたが、佐伯も同じような色のものを着ていたから、今年の流行なのかもしれない。

声をかける前ではあったが、気配を感じたのか彼女は振り返った。俺を見て一瞬不思議そうな顔をしたあと、「あっ」と小さく声をあげる。

「『ひだまり』の方ですよね。こんにちは」

変質者だと思われたのかとひやりとしたが、そうではないようだ。

そういえば、どこかで見た顔だった。俺がすぐには思い出せずにいると、彼女のほうから名乗ってくれる。

「坂口南海《さかぐちなみ》です。先月、炊き出しのときご一緒した……あ、ちゃんとご挨拶はしてなかったかもしれません」

「ああ……」

思い出した。役所と合同で行った公園での支援イベントの炊き出しのとき、一度会ったスタッフだ。ほんの二言三言だったが話もして、役所が募ったボランティアにも若い人がいるんだな、と思ったのだった。

「久守《くもり》です。どうも……」

「くもりさん。珍しいお名前ですね」

「よく言われます」

なんとなく、並んで歩き出した。おそらく目的地も同じ駅だろう。

「『ひだまり』って、若いスタッフさんもいていいですね。皆さん、熱心ですし……私も登録しようかなと思ってるんです」

「そうなんですか」

気さくで、はきはき話して、物怖《ものお》じしない。真野と似たタイプだ。確か炊き出しのときも、同じことを思った記憶がある。

坂口は俺と話しながら、ときどき、公園を見回すように視線を動かした。俺も、つられてそちらを見る。

公園にいるホームレスの数は、以前炊き出しをしたときと比べて減ったようだった。真野たちの活動が実を結んだ結果……ならいいが、おそらくは、事件の影響だろう。

連続殺人事件の被害に遭った被害者三人のうち二人は、ここで寝泊まりしていたわけではないにしろ、ホームレスだ。しかも直近の被害者は、この公園から徒歩数分の河川敷で生活していたのだから、ここで生活していた彼らが危機感を感じるのは当然だ。

「この間も、『ひだまり』のスタッフさんが、ここで声かけしてるのを見かけて。炊き出しとかのイベントのときだけじゃなくて、個人でもそういうの、普段から気にかけてるんだなって……」

それはたぶん、真野だろう。いざというときに相談してもらいやすいように、日ごろから気をつけて挨拶をしたり声をかけたりするようにしていると、以前話していた気がする。

坂口の言う通り、「ひだまり」のスタッフは明るく活動的な人が多い。彼女はそこが気に入ったようだ。相槌《あいづち》を打つばかりで気の利いた返事もできない俺にはがっかりしただろうが、彼女は少しもそれを表に出さず、「久守さんて、シャイな感じですよね」などと笑っていた。

「『ひだまり』に登録したら、またご一緒する機会が増えますね。そのときは、よろしくお願いします」

坂口とは改札を入ったところで別れた。反対側の電車に乗るようだ。

俺はそのまま帰ろうか、「ひだまり」へ行ってみようか、電車を待ちながら考えた。

自宅の最寄駅の三駅手前で下りれば、大学と「ひだまり」の最寄り駅だ。

大学の帰りに寄った風を装って覗《のぞ》いてみると、真野が事務スペースで他のスタッフと話をしているのが入り口から見えた。

俺がドアを開ける音に彼女は振り返り、「あっ先輩」と声をあげる。

すぐにこちらへ駆け寄ってきてくれるのを見て、内心ほっとした。他にも顔見知りのスタッフはいるが、気軽に話をできるほど親しくはない。真野がいなかったら、今月のイベント予定表だけもらって帰るつもりだった。

「久守先輩。どうしたん」

「いや、なんとなく寄ってみただけだけど」

「えー、嬉《うれ》しいな。もう、スタッフ登録しちゃう？」

考えとく、と応えてそっと事務所内を見回す。事務スペースのスタッフの一人と目が合ったので会釈をした。

佐伯はいないようだ。彼はボランティアとして登録はしているが、事務所に常駐はしておらず、俺と同じようにイベントの際にだけ実働部隊として手伝っているのだろう。

炊き出しは月に二回、ほかにもときどきイベントを企画しているようだから、それらに参加すれば佐伯にも会えるはずだ。準備や打ち上げのためと理由をつけて何とか自宅へ行けないか、俺は考えを巡らせる。普通なら、連続殺人犯が簡単に他人を自宅へあげるとは思えないが、佐伯は一度仲良くなると距離が近いタイプのようだから、俺を信頼させることさえできれば、不可能ではないはずだ。

佐伯から積極的に招いてもらう、というのが無理だった場合、一番実現可能性が高そうなところでは、べろべろになるまで酒を飲ませて、自宅へ送っていく口実を作るとか――頼子《よりこ》が買ったような強力なものでなくても、睡眠薬を手に入れて飲ませれば、家探しをするときにも安心できるな、などと、自分らしくもなく大胆な考えも頭に浮かぶ。

相手は連続殺人犯だ。怪しまれて返り討ちにされるようなリスクは冒せないが、手段を選んでもいられない。あと一か月、多少無茶でも、できることをすると決めたのだ。

佐伯本人を前にすると決意が揺らぎそうだったが、とにかく今は、そう思っている。

「もう三年だし、ボランティアでもしておけば就活の履歴書に書けるかと思って」

俺がそんな理由をつけて今月のイベント予定を尋ねると、真野はすぐに、今月の予定表を持ってきてくれた。

「今月のメインイベントはこれ。月末だからまだちょっと先なんやけど……」

真野がラウンジの大テーブルの上に置いた手作り感溢《あふ》れる月間予定表には、誰かの手書きの文字が躍っている。

彼女の指さす先には、11月の最後の日曜日の日付と、「ふれあいカフェ＠中央公園　オープン！」と書いてあった。力の入ったイベントらしく、太字になっているうえ、まわりを囲むように花の絵まで描いてある。

「先月の合同イベントが成功だったから、さらに発展させようってなってね。今回は役所の社会福祉士にも来てもらって、その場で相談ができるようにするんだ。食べ物とか物資がないと人が集まらないから、大規模な炊き出しプラス相談会みたいな感じ。最近寒いから、毛布とかすのこも多めに用意して、貸し出しするの」

「すのこ？」

「地面に寝るとき、すのこを下に敷くと寒さが大分ましなんだって」

そういえば、以前もそれらしいものを貸し出しているのを見かけたことがあった。確かにこの時季、地面に寝るのは辛《つら》そうだ。最近公園に居つくようになった人にも行き渡るように、イベントのたびに貸し出しをしているのだろう。

「かさばるものいっぱいあるから、先輩も手伝いに来てくれたら嬉しいな」

「ああ、わかった」

「やった！　大学生男子が二人いるなら安心。重いものもどんと来いだよね」

真野はぱんと手を打ち、事務スペースを振り返って、「久守先輩、ふれあいカフェ参加ＯＫでーす」と声をかけた。パーティションからひょいと顔を覗かせて、加地が指でOKマークを作って見せる。どうも、最初から期待されていたような雰囲気だ。

「あ、もう一人は佐伯くんね。この前の炊き出しのときにも会った」

やはりそうか、と思いながら、俺は余計なことは言わずに頷《うなず》く。

「佐伯は、結構積極的に参加してるんだな」

「うん、すっごく助かってる。美大生だからかな、手先が器用で、絵も上手だし……このイベントのポスターと看板と、チラシ作りも頼んでるんだ。今度のは大規模なやつだから、気合入れようってことになって」

「看板？　そんなのも作るのか」

「うん、『ふれあいカフェ』の看板作って、炊き出しのとき毎回出すようにしようって。で、イベントがないときはここに置いて、支援を受けたい人が気軽に相談しに来られるようにしようって今計画してるんだ。ごはんを出すのは月一回だけだけど、お茶とかコーヒーくらいならいつでも出せるし……この間佐伯くんと一緒に材料買いに行ってきたんだよ。私不器用だから、作るお手伝いはほとんどできないけど」

その口ぶりから、佐伯と真野の距離が以前より縮まったのを感じる。佐伯は真野に好意を持っているし、積極的に「ひだまり」の活動に参加する佐伯を、真野のほうも憎からず思い始めてもおかしくない。

しかし、真野とうまくいって私生活が充実すれば、佐伯が殺人をやめるなどということは期待できない。現に、ホームレスの支援のために走り回っている彼女を見ても、佐伯は犯行を止めず、三人目の被害者が出てしまった。

中央公園で寝泊まりしているホームレスではなく、河川敷のホームレスを選んだのは、もしかしたら、真野が心を痛めないようにという佐伯なりの配慮だったのかもしれないが、だとしたら的外れというか、発想がずれている。真野だって、顔見知りのホームレスでなければ死んでも平気、というわけではないだろう。

佐伯にそれが理解できないように、俺が佐伯の考えを理解しようとしても、きっと無駄なのだ。そこはもうあきらめるしかない。

「カフェって名前をつけて、炊き出しを交流の場にするわけか。色々考えてるんだな。活動が広がっていくのはいいことだよな」

「でしょ。私の提案なんだよ」

「そういえば、さっきたまたま、前炊き出しで一緒になった人と会ったんだった。何だっけ、えーと……坂口さんか。役所のほうのボランティア募集を見て参加したって人」

真野は首を傾《かし》げた。誰のことか、すぐには思い当たらないようだ。

「彼女も、『ひだまり』に登録しようかなって言ってたよ。最近、同年代でもボランティアに興味持ってる人は増えてきてるんじゃないか？」

「そうなんだ。人が増えるのは助かるなあ……あ、もしかしてあの人かな坂口さん。炊き出しのとき、髪、二つ結びにしてた」

「ああ、多分その人だ。『ひだまり』は若いスタッフが多くて活動が盛んでいいって言ってたよ。真野が公園でホームレスに声かけしたのも見てたみたいで、熱心だって誉めてた」

喜ぶと思っていったのだが、真野は、「ん？」というように、今度は反対側へと首を傾ける。

「あれ、それ私かな？　最近はあんまり声かけ活動はできてないんだけど……先月とか先々月とかのことかな。私って言ってた？」

「いや、はっきりとは……どうだったかな」

「ふーん。ちょっと前に見られてたんかな。でも、そうやって見てもらって、興味持ってもらえるっていうのは嬉しいな」

真野は深く考えなかったようだが、彼女のその反応に、俺ははっとした。

そういえば坂口は、公園で声かけをしていたのは、ひだまりの若いスタッフだとしか言っていなかった。

坂口と会った炊き出しの日、「ひだまり」側のスタッフの中には佐伯もいた。坂口が見たのは佐伯だったのかもしれない。佐伯が、公園でホームレスたちに声かけをしていたとしたら、話は違ってくる。

佐伯が、純粋に彼らを気遣って声をかけるとは思えなかった。標的を探していたのか、情報収集のためか——近づいても警戒されないよう、あらかじめ親しくなっておこうとしたのか。坂口が目撃したのが佐伯なら、いつのことかが気になる。

「今、相談自体、ちょっと増えてるんだ。ほら、あんな事件があったでしょ。それで不安になってる人も多いみたいで、それをきっかけに生活保護を受けたり、施設に入ったりすることを考え始めた人も結構いて……それまでは、自由なほうがいいって言って、住宅支援を拒む人も少なくなかったんだけど」

真野が、テーブルに置いた予定表を眺めながら言う。

俺は、「ひだまり」の手伝いを始めるまでは、ホームレスは皆、住むところがないので仕方なく外で寝泊まりしているものだと思っていた。つまり、公園にホームレスが多いのは支援が追いついていないせいだと思っていたのだが、一概にそうとも言えないらしい。役所そのものに嫌な思い出があったり、行政の支援を受けることに抵抗があったりと理由は人それぞれのようだが、支援を拒否するホームレスも一定数はいるのだと、以前、真野や他の「ひだまり」スタッフから聞いたことがあった。

「住宅支援希望者が増えたのは、いいことっていうか、いい流れだと思うんだ。それが、あんな事件があったせいっていうのは、何か……皮肉っていうか、素直に喜べない感じだけど」

真野はうつむきかけたが、

「せっかく支援を受ける気になってくれてるんだから、チャンスを逃がさずに頑張らないとね」

すぐに顔を上げ、笑顔で言った。

俺は、「そうだな」と応えて、手書きのイベント予定表へと目を落とす。

立て続けにホームレスが殺される事件が起きて、結果的に、支援を受けることに積極的になって救われるホームレスも増える。確かに皮肉だ。

まさか佐伯は、真野のためにしているつもりなのだろうか。ふっと、そんな考えが頭に浮かんだ。

真野が直接交流したり支援をしたりしていたホームレスたちには被害がなく、殺害されたのはいずれも、その付近で生活する別のホームレスだったというのは、果たして偶然だろうか。

さすがに考えすぎで、佐伯は単に無防備で狙いやすい人間を被害者に選んだにすぎないのだろうとは思うが——連続殺人犯の考えることなんてわからない。絶対にないとも言えない。

「あ、それでね、このふれあいカフェのチラシ、次の炊き出しのときにも配ろうと思ってて、今佐伯くんがデザイン考えてくれてるんやけど……先輩、パソコンとか詳しかったよね？」

思い出した、というように真野が言い出した。

何らかの作業を期待されている気配を感じ、俺は警戒しつつ応える。

「いや、特別詳しいってわけでもないけど……」

「でも、写真とか加工したりするソフト、使えるって言ってたやん」

「ああ、まあ、多少は。人並みには」

私はその人並みができないんだって、と真野は口を尖《とが》らせる。

「チラシ作り、先輩も手伝ってくれないかな。デザイン系のソフト使える人がいたら手伝ってほしいって、佐伯くんに言われてて……看板作りは手作業やけど、チラシはデジタルなんやって。看板の色塗りとかは私も手伝うけど、パソコンを使った作業は私、何もできないし。佐伯くんも得意じゃないらしくて。加地さんが頼りやったんやけど……」

「ああ、『ひだまり』のホームページも加地さんが作ってるんだっけ」

今週末、佐伯の家で、真野と、「ひだまり」の加地とで一緒に作業をすることになっていたのに、加地に別の用事が入って来られなくなってしまったのだという。

佐伯の家で、と聞いて、俺は身を乗り出しそうになったが、かろうじて抑えた。

「うん、私もちょっと遅れちゃいそうだから、日程変更かなって思ってたんだけど、もうあまり余裕もないし。チラシはなるべく早めに配り始めたいから」

「俺でいいのかそれ？　部外者だろ」

「大丈夫、大丈夫。デザイン自体は佐伯くんがやってくれるし、ソフトが使えればそれで……あ、パソコンとソフトも佐伯くんの家にあるらしいから、先輩は手ぶらで、技術だけ貸してくれればいいの。それに、佐伯くん、デザインも、何人かに見てもらって意見がほしいって言ってたし。美大生でデザインにもこだわりがあるせいで、ついやりすぎちゃうっていうか、趣味に走りがちやから、一般の人の意見を聴きたいんだって」

「なるほどな。そういうことなら……俺はいいけど」

平静を装ってそう言ったが、願ったり叶《かな》ったりだ。またとないチャンスだった。

佐伯が素面《しらふ》では、隙をついて家探しというのは簡単ではないだろうが、堂々と自然に、しかも「頼まれて仕方なく」という体《てい》で佐伯の自宅にあがることができる。

「加地さーん、今週末、久守先輩チラシ作り手伝ってくれるって！　予定通りのスケジュールでいけそうです」

「悪いなあ久守くん、なんだかんだでいつも助けてもらって。お茶でも飲んでいきなよ」

加地が事務スペースから出てきた。

加地は五十代のはずだが、うんと若く見える。他の常駐スタッフが全員女性なのもあり、普段力仕事は彼に回ってくるため、俺が以前イベントの手伝いをしたときは特に歓迎された。そのせいもあって、彼は俺には好意的だ。

「はいこれメニューね。ここでのカフェオープンは再来月の予定だけど、特別。第一号ってことで」

加地に、ラミネート加工されたA4サイズの紙を渡される。

花の縁取りのされたそれは、今後「ふれあいカフェ」で使用する予定のメニュー表のようだ。コーヒー（温・冷）、紅茶、緑茶（温・冷）・オレンジジュース、とカラフルな色ペンで、今月の予定表と同じ筆跡で書かれていた。

「じゃあ、コーヒーをお願いします」

「あいよっコーヒーね。ホットでいい？　今持ってくるから」

給湯室は、事務スペースのさらに奥だったはずだ。そちらへ引き返す前、加地は足を止めて真野を横目で見、にやりと笑う。

「でも、いいの？　佐伯くん、真野ちゃんと二人で作業したかったんじゃないの？」

ちょっと！　と真野が声をあげ、肘で加地の脇腹を小突いた。

「もう、加地さんすぐそういうこと言うんやから。そういうとこがおじさんなんですよ。佐伯くんにも失礼でしょ、善意で手伝ってくれてるのに」

「ははは、痛い痛い。まあ、まだ俺が参加できなくなったって伝えてないから大丈夫か。俺のかわりに久守くんが行くって言えば、最初から三人体制なのは変わらないわけだし」

言われて気づいたが、加地に用事ができて不参加になったということは、俺がやると言わなかったら、佐伯と真野は二人きりで作業することになっていたかもしれないのだ。

そう思って見ると、ぷんぷんと音がしそうな怒り方で加地を睨《にら》んでいる真野の顔が、こころなしか赤い気がする。

「……え、じゃあそれ、俺が佐伯に恨まれないか？」

思わず呟《つぶや》いたら、俺まで真野に睨まれた。

「ええ、やめてよもう先輩までそういうこと言うの」

「いや、久守くんが来てくれなかったら、どうせ週末の作業はお流れになってたんだから、大丈夫だよ。パソコンで作業できる人間がいないんじゃ、集まっても意味ないからね」

加地は、おそらくスタッフ用と思われるマグカップで、俺にコーヒーを淹《い》れてくれた。

佐伯の恨みを買うというのは、ぞっとする想像だった。今のところ表面上は仲良くやっているが、恋路の邪魔をするようなことをすれば、いつ敵視されてもおかしくない。気をつけよう。

どうせ早晩逮捕されるのだから、佐伯がどれだけ真野に想《おも》いを募らせようがどうでもいいが、問題は真野のほうの気持ちだ。

まだつきあっているということはなさそうだが、この様子なら、佐伯が真野に好意を持っていることは、真野本人も薄々感じているだろう。

真野も、まんざらではない様子だった。

佐伯の正体を知ったら、真野はショックは受けるだろうが、恋人になった後で佐伯が逮捕され、殺人犯だったと発覚した場合のショックはその比ではないはずだ。それよりは今、傷が浅くて済むうちに、佐伯の悪行を暴くべきだ。真野のためにもそのほうがいい。少しでも傷が浅くて済むうちに——そう思うが、どう言い訳をしたところで、彼女が傷つくだろうことに変わりはなかった。俺自身がその引き金を引こうとしているということも。

「加地さん、佐伯くんにも変なこと言わないでくださいね。あ！　先輩も、変な誤解しないでね、そういうんやないから」

「はいはい、ごめんごめん」

「わかったって……」

真野と佐伯が相思相愛でも、どんなに佐伯がいい奴に見えても、連続殺人犯を放ってはおけない。しなければならないことはわかっていて、そうすることにもう迷いもない。

それでもやはり、気が重い。

＊　＊　＊

『――被害者は、都内の大学に通う坂口南海さん、二十一歳で、遺体の状態などから、警察は連続通り魔殺人と同一の犯人による犯行と見て捜査を進めています』

佐伯のマンションのリビングで、薄型テレビに目を向けたとたん流れたニュースに、俺は凍りついた。

現場を上空から映した映像の下部に、「坂口南海さん（21）」とテロップが出る。聞き間違いではなかった。

ほんの数日前、中央公園で話をしたときの笑顔が頭に浮かぶ。

四人目の被害者。彼女が。

以前幻視した、クリーム色のニットを着た女性が、坂口だったのだろうか。二度顔を合わせて言葉まで交わしていたのに、気づけなかった。

佐伯とは行動圏内が同じなのだから、十分あり得ることだったのに、被害者も自分の知っている人かもしれないとは、考えもしなかったのだ。

結局俺は、この連続殺人を、他人事として考えていたのかもしれない。

しかし急に、事件のほうからこちらへ近づいてきた、そんな感覚だった。

遺体が発見された場所は、中央公園からは二駅の距離だ。

坂口が中央公園のある駅から、俺の自宅と反対方向の電車に乗ったこと――それが佐伯の家と同じ方向だったことや、彼女が公園で、ホームレスに声かけをする「ひだまり」のスタッフを見たと言っていたことを思い出す。俺はそのスタッフを、佐伯かもしれないと思ったのだった。佐伯が坂口に気づいていたか、俺のようにたまたま彼女と会って言葉を交わした可能性もある。

坂口が殺されたのは、偶然ではないのではないか。

彼女は何も知らない様子だったが、自分でも気づかないうちに何かを目撃していた――いや、本当は何も目撃してなどいなかったのに、そう誤解されて殺された可能性もある。

嫌な汗が噴き出し、背中が冷たくなる。脚が震え始めたのを、両手で押さえつけて止めた。表情にも出ていたに違いないが、幸い、佐伯はコーヒーを取りに行っている。動揺している顔を見られないで済んだ。

チャンネルを変えるのもわざとらしい気がして、俺はテーブルの下で両腿《りょうもも》に爪を食い込ませ、深呼吸をして気持ちを落ち着かせた。

――平常心、平常心だ。

俺は自分に言い聞かせ、顔を上げて、テレビの画面を見る。

ちょうど、コーヒーのマグカップを持った佐伯がこちらへ戻ってきたところだった。

「何か気になるニュース？」

その目がテレビへ向けられ、ドキッとしたが、

「いや、この連続殺人事件……四人目の被害者が出たって。何かペース早くなったよな。前の被害者が出てから、まだ一か月も経ってないだろ」

声はうわずっていなかった。

不自然さはなかったはずだ。

被害者の名前を見て、佐伯が何か反応を示すかと思ったが、佐伯は画面を眺め、「ほんとだ」と返しただけだった。

佐伯と坂口は、炊き出しで顔を合わせているが、そのことについて言及はない。あの場では名前を聞いていなかったから、被害者が公園で会った彼女だとは気づかなかった、というスタンスなのだろう。

俺はどういう反応をするのが正解だ？　俺が最近公園で坂口に会ったことは、真野から佐伯に伝わっているかもしれない。彼女の名前を知らない、憶えていない、というのは通らない。

「あ、この子って」とたった今気づいたふりをするか？　ダメだ、タイミングを逃した。ニュ

ースで流れた名前は、ちゃんと見ていなかったことにしよう。後で指摘されたら、「えっ、あの子か」とそのとき初めて気づいたふりをするしかない。幸い、坂口は珍しい苗字ではない。下の名前は知らなかった、ということにすればいい。

佐伯に不審に思われないように。自然に。

「久守くん、この事件興味あるんだ？」

「興味っていうか、まあ、近所で起きてる事件だから、それなりに……」

いつも通りの調子で応えながら、心臓の鼓動はまた速くなる。

俺は今、佐伯に探りを入れられているのか？　怪しまれているのか？

今俺と佐伯は密室に二人きり、逃げ場はないと思うと、また心臓の鼓動が速くなった。

いや、自分の家に招いた人間を殺すなどという危険は、連続殺人犯だからこそ避けるはずだ。佐伯の家にいる今の状況は、むしろ安全と言える。この後、真野も合流することになっているのだ。

安全だ、と思って冷静になってから見れば、佐伯が俺を訝《いぶか》しんでいる様子はまったくなかった。

無邪気に見える笑顔で「やっぱり気になるよね」などと言いながらテレビ画面に目を向けている。

「現場も近所だし。不謹慎って言われそうだけど、僕、連続殺人事件って心躍るんだよね。これだけ何件も続くのって、国内では珍しいから、ちょっとわくわくしながら見てるところあるよ」

「ああ、わかる、かも」

いつのまにか、俺の前にマグカップが置かれている。佐伯が置いてくれたらしい。礼を言って手に取った。

湯気を吹きながら俺もテレビのほうを見る。画面の右上に、「連続通り魔殺人犯の正体に迫る！」という文字が表示されていた。

『……いまだに犯人へとつながる手がかりは見つかっていません。今日は、犯罪心理学者、社会学者、元警察官等、様々な専門家のご意見をうかがいながら犯人像に迫りたいと思います』

番組の司会者の横に、事件を時系列で追ったパネルが立てかけてある。

俺はカップに口をつけるふりをしてちらっと佐伯を見たが、佐伯の目はテレビへ向いていた。その横顔に、動揺は見られない。

『犯人は非常に手馴《てな》れていますね。これだけ犯行を重ねながら、いまだにつかまらずにいるというのは、運によるところもあるでしょうが、それだけでは説明できません。頭の良い人間が、冷静に行った犯行だということです』

元警察官だというゲストコメンテーターが、両手の指を組んで深刻な口調で話し出した。

『犯人は現場に自分の痕跡を残さず、誰にも目撃されずその場を去っています。人通りの少ない場所、時間帯を選んで、慎重にターゲットを選んでいるんです。また、犯行どころか、現場付近で不審な人物を目撃したという情報すらないことから、犯人は、犯行直後とは思えないように落ち着いて、もちろん凶器も見えないように隠し持って、平然とその場を離れていると思われます。返り血も浴びていないのでしょう。もしも犯人とすれ違ったとしても、誰も、その人物が殺人犯だとは思わないのです』

『なるほど、犯人は犯行直後、何食わぬ顔で人ごみに紛れていたのかもしれないというわけですね』

　コメンテーターと司会者のやりとりを聞いて思い出した。

　そういえば幻視の中で、死体を撮っていた佐伯は全く返り血を浴びていなかった。

『でも、被害者は皆、何度も何度も切りつけられていますよね。それなのに、犯人が返り血を浴びないなんて可能なんでしょうか』

　アシスタントの女性タレントが、まさに俺が疑問に思っていたことを口にする。コメンテーターは、よくぞ訊《き》いてくれたというように頷いてから答えた。

『被害者の遺体を調べたところ、死後につけられた傷がほとんどだったそうです。血が自分にかからないような形で殺して、その後で切り裂いているんですね』

『それは、返り血を浴びないようにあえてそうしている、ということですか？』

『わかりませんが、おそらくそうでしょう』

人を殺すときに、自分が血で汚れないようになんて、普通は考えられない。そんなことには頭が回らないだろう。しかし佐伯にはできそうだった。なんとなくそう思った。

彼は人を殺すことに、まったく後ろめたさを感じていないのだろう。その上で、犯行を気づかれずに済むように、冷静に計算している。

人を殺すことを、日常と——普段の自分の生活と、完全に切り離しているから、あんな風に笑えるのだ。犯行直後でもいつも通りにふるまえるから、疑われもしない。

『犯人は、医学的な知識がある人間かもしれませんね？　どこをどうやって切れば血が飛び散らないとか、そういうことを知ってるということは』

『今は何でもインターネットで調べられるので、一概にそうと言い切れるわけではありませんが……』

連続殺人犯の家で、本人と一緒に、彼の起こした事件に関する番組の特集を観るというのは奇妙な感覚だった。

佐伯自身は、どういう気持ちで観ているのだろうか。

表情から、興味を持って観ている様子なのはわかったが、それ以外の感情は読み取れなかった。

俺はそっと視線をテレビからずらし、室内を見回す。

今日の最大の目的は、証拠を持ち帰ることだ。

真野が合流してからでは自由に動けない。写真やカメラを置いていそうなところに当たりをつけておいて、彼女が来る前に——佐伯がトイレにでも行った隙に調べることができればベストだ。佐伯がテレビに気をとられている今のうちに、部屋のどこに何があるのか、外から見てわかる部分については把握しておきたかった。

一人暮らしの大学生が住むには贅沢《ぜいたく》な１ＬＤＫは、いかにもデザイナーズマンション、といった感じだ。

一部屋は絵を描く部屋にしていると言っていた。今はドアが閉まっていて、中は見えない。以前幻視したときに佐伯が絵を描いているところが視えた、あれが作業部屋だろう。何もない部屋だった憶えがある。

ベッドも机も本棚もパソコンも、生活に必要なものは全部このリビングに置いてあった。広いワンルームプラス作業場、というような使い方をしているようだ。

作業場のほうに証拠を隠している、ということはあるだろうか。その場合は、こっそり調べるのは無理そうだ。ドアの開け閉めの音でバレる。

本棚には、写真集や図録など、大型の本が多いようだった。ファイルのようなものも見えるから、犯行現場の写真も、あの間に挟んであるとか……ほかに怪しいのは、パソコンの置かれたデスクの引き出しくらいか。

絵を描いているところを幻視したとき、写真が脇のテーブルに置いてあったのを視たから、少なくとも何枚かは出力したものがあるはずだ。ただ、幻視の中で佐伯が近くに置いていたのは、犯行現場ではなく真野の写真だった。殺人の証拠となるような危険な写真は、データしか残していないかもしれない。

だとしたら、パソコンの中か、記憶媒体の中――心情的に、自分の犯罪の証拠をクラウドには保存しないのではと思ったが、それもわからない。連続殺人犯の考えることだ、自分の常識で判断できない。

本棚には、本だけでなく、ＤＶＤや時計など、本以外のものが並べられていて、ちょうど立った時の目の高さに来る棚に、一眼レフのデジタルカメラも置いてあった。幻視の中で、佐伯が持っていたものだ。

チェックするならまず、あのカメラからだ。カメラならロックはかからないし、トイレに立った隙に見ることくらいできそうだ。

下剤を持ってきてこっそり飲み物に混ぜるとか、そういう小細工をすればよかったのか、と今さら気づいたが、そんなものは用意してきていない。それは次の機会があれば実行することにして、今日は、佐伯に怪しまれない範囲でできるだけのことをするしかない。

『ホームレスの方や、アルバイトで帰宅が遅くなる方など、深夜に一人になる人を選んで狙っている、それも、待ち伏せして襲っているとなると、通り魔という言い方は正確ではないかもしれませんね』

『被害者の方たちが、深夜に一人で行動する習慣のある人たちだったので、たまたま、深夜に獲物を探して徘徊《はいかい》していた犯人の目について突発的に襲われた……という可能性もありますが、おそらく、ターゲットの行動パターンを知っていた犯人がタイミングをはかって襲った、と考えたほうが現実的でしょうね』

『襲う前に被害者の下調べをしていたということですよね。ということは、犯人は被害者と、何らかのつながりを持っている……少なくとも、接触はあった、ということになりますか。被害者について調べることで、犯人にたどりつくことも？』

番組のトーク内容が、わずかにだが核心へ近づいてきて、俺は内心ハラハラしながら、佐伯の様子をうかがった。

一人目の被害者のことはわからないが、二番目と三番目の被害者となった二人のホームレス男性と坂口は、まったく佐伯と無関係というわけではない。特に坂口とは、明確に接点があるのだ。坂口がホームレス支援のボランティアにかかわっていたことはすぐに調べがつくはずだから、他の二人の被害者がホームレスだった事実と結びつけられるだろう。

それだけで佐伯に捜査の手が及ぶとも思えないが、佐伯は遠目にも目立つ外見をしているから、目撃証言でも出てくれば一気に捜査線上に浮上するかもしれない。

——ということは、俺が匿名で通報しただけでも、ある程度は効果を期待できるか。

そう思ってふと佐伯のほうを見たら、目が合った。

「な、何？」

跳び上がりそうになったが、かろうじて取り繕う。

佐伯はにこやかに、

「熱心に観てるなと思って」

と言った。その笑顔に裏はない、と思いたい。

「あ、いや。……前の被害者もその前の被害者も、ホームレスの男性だっただろ。今度の被害者は若い女性みたいだから……急にタイプが変わったなって思って」

そういえば一人目の被害者も女性だったか、と言ってから思い出した。被害者は合計四人。男性と女性二人ずつだ。つまり、坂口以外は、たまたま襲いやすい相手を襲っただけで、誰でもよかったということなのだろう。

しかし、佐伯はその事実を指摘することはなく、「ああ」と頷いて、

「練習してたんじゃない？」

こともなげに言った。

本当は一人目の被害者のように若い女性を殺したかったが、無防備な標的にはなかなか巡り会えないから、その前に——本当の標的をちゃんと殺せるように、深夜に人目につかない場所で襲いやすいホームレスたちで練習をした。慣れてきたので、ホームレスよりはハードルの高い標的である坂口を、満を持して襲った。

そんなおぞましい発想にも、笑顔でそれを口に出せることにもぞっとする。

一気に背すじが冷えたが、おかげで少し頭も冷えた。

いい奴だとか、才能があるとか、別の出会い方をしていたら本当に友達になれていたかもだとか、そんな甘い考えがようやく消える。

今日を無事に乗り越えられたら、もう、証拠はあきらめてもいい。証拠なしで通報してもいい。今日だけだ。今日だけと決めて、できるだけのことをする。

一番の目的は証拠を持ち帰ることではなく、今日を無事に乗り切ることだ。

落ち着いて、冷静に。まずはとにかく疑われないように行動する。

佐伯が犯人だということを知らなかったら、どういう反応をするのが自然なのか。

「……そうかもな」

結局、いつものように無気力に、そんな風に言うのが精いっぱいだった。

もっと、「怖いこと言うなよ」と怯《おび》えてみせるか、冗談にして笑ってみせるかしたほうがよかっただろうか。動じないのはむしろ不自然だったかもしれないと不安になったが、佐伯は満足げににっこりした。

正解したのだろうか。

「ええと、じゃあ、デザイン……見せてもらっていいか。作業はこっちのパソコンでやればいいのかな」

真野は、二時ごろに合流することになっている。

それまでに、少しでも作業を進めておきたい。

俺が言うと、佐伯は俺をデスクへと案内した。テレビはつけたままだ。パソコンに向かうと、斜め後ろにあるテレビに背を向けた形になる。

「ほんと助かるよ。パソコンを使った作業はあんまり得意じゃなくって。デザイン科の友達に頼むしかないかなと思ってたんだ。あ、デザイン画、ちょっと待ってね」

佐伯のパソコンには最新の画像編集ソフトが入っていたが、彼はあまり使いこなしていない——というより、ほとんど使ったこともないようだった。

「このバージョンは使ったことないけど、ちょっといじれば使い方はわかると思う。触らせてもらっていいか？」

「もちろん。お願いするよ」

俺がソフトをいじっている間に、佐伯はデスクのすぐ横の本棚の前に立ち、一段目から、深緑色の表紙のスケッチブックを抜いた。

スケッチブックやファイル類も、本棚にまとめて置いてあるらしい。出力した現場写真があるとしたら、このファイルのどれかに挟んであるのだろうか。部屋の中が片づいているから、探し物はしやすそうだ。

本棚の本は、大部分が画集や写真集のようだったが、その中に人体図鑑のようなものも混ざっている。

「骨学……人体解剖図鑑？　そんなの読むのか？」

「ああ、ヒトを描くうえで骨とか筋肉とか、どういう構造でどう動くのかをわかってなきゃいけないからね」

連続殺人鬼は、ある程度人体について知識がある人間かもしれない、とテレビで言っていたのを思い出した。今日日何でもネットで調べられるから犯人の決め手にはならないと、あのコメンテーターも言っていたし、美大生の部屋に人体図鑑があるのは不思議なことではないのだろうが、もはや、何を見ても事件と結びつけて考えてしまう。

佐伯は、スケッチブックの一番新しいページを開いて、パソコンの横に立てかけた。

そこには、ページいっぱいを使って、看板のデザイン画らしきものが描かれている。

「看板もチラシも、キービジュアルは同じでいいかなと思ってるんだけど、考えてるのはこんな感じ。やっぱり、わかりやすさが最重要だと思って。文字を大きくして、パッと明るい鮮やかな色を使って、目を引く感じにしたくて」

簡単に色づけ、というか色分けされたイラストの上部に、「ふれあいカフェ」と文字が入っている。

個展で見た絵のような、不穏な雰囲気はどこにもなかった。さすがに、頼まれた看板に自分の趣味は反映させないよう配慮するくらいの常識はあるらしい。

「色については、何通りかのパターンを考えてるんだ。まず塗り絵みたいに枠だけ作って、何色を塗るかは相談して決めようと思って。画面上で実際に色をつけたのを見てもらって、久守くんと真野さんの意見を聞きたい」

「わかった。この通りのデザインで作ってみる」

複雑なデザインではないし、ロゴのフォントもソフトに元から搭載されているもので対応できそうなので、それほど手間はかからないだろう。

「ペンキはもう買ってあるんだろ？　やっぱりこっちの色がいい、ってなっても困るんじゃないか」

チラシとポスターはパソコンでいくらでも色を変えられるが、看板は一度塗ったら塗り替えるのは大変だ。

「うん、看板については、相談の余地があるのは、どこをどの色で塗るかの組み合わせくらいだけど、チラシとポスターは同じデザインで色を変えるっていうのもありかなあと思ってて」

「ああ、なるほど」

真野と二人で選んで購入済のペンキは、看板の土台部分と一緒に作業部屋に置いてあるという。

チラシとポスターは、文字入れもすべて済ませた案を何通りか作っておいて真野に見せ、三人で意見を出し合って配色を決めてから完成させる。それから三人で手分けして看板を塗るということになった。

看板のほうは、佐伯がもう下描きをしてくれていて、後は色を塗るだけの状態になっている。

「こっちの部屋に置いてあるんだ。色塗りも、ここでやればいいよ。もともと作業用の部屋だから」

そう言って、佐伯が閉まっていたドアを開けて中を見せてくれる。

俺はデスクの前から離れて、部屋の前まで行き、中を覗き込んだ。

油絵具のにおいがする。

作業用という言葉の通り、がらんとした部屋の真ん中に、イーゼルと丸椅子と、画材を置くためと思われる小さなテーブルが置いてあるだけの部屋だった。他に家具は何もない。

俺が一度幻視の中で視た部屋だ。

床にはブルーシートのようなものが敷いてあり、同じものが四方の壁まで覆っていた。

ここで俺が殺されても、シートを剝《は》がして燃やすだけで簡単に証拠は隠滅できる。もともと油絵具で汚れていたシートだ、処分しても誰も怪しまないだろう。そんな考えが頭に浮かんだ。

連続殺人はすべて屋外での犯行で、この部屋が現場になったことはないはずだとわかっているのに、こんなことばかり考えてしまう。

イーゼルに何か立てかけてあり、てっきりそれが今日色を塗る予定の看板なのかと思ったら、油絵のキャンバスのようだ。

俺は部屋の中へ入ってその絵を見て、はっとした。

以前美大で描きかけのものを見せてもらった、あの絵だ。あのときは簡単な下絵だけだったが、今は、ほとんど完成に近い状態まで出来あがっている。

そこに描かれているのは、白いドレスを着て、ダンスを踊る真野だ。幸せそうに目を細め、微笑んでいる。

実物の真野より、少し幼く描かれているように思えた。

ダンスを踊る少女の絵——その姿は、佐伯が真野へ向ける思いを映したかのように、美しく描かれている。けれど、彼女の手をとるダンスの相手を見て、俺は動けなくなった。

真野に似た少女の手をとっているのは、骸骨だった。表情も何もなく、ぽっかりと空いた眼《がん》窩《か》の奥は、ただの闇だ。俺は美術には明るくないが、それでも、骸骨が死神、もしくは、死という概念そのものを表すモチーフであることくらいはわかる。

死と踊る少女。

相手が死神だとも知らず安心しきった笑顔で身を預ける、無垢《むく》な彼女を観察する、絵描きの目。

それが佐伯の、笑顔の裏に隠している、昏《くら》い秘密の正体だった。

俺が絵から目を離せずにいると、佐伯は、思い出したように「あっ」と小さく声をあげる。

「忘れてた、真野さんが来る前にしまっておかないと。もう乾いてるはずだから」

絵に触って、絵の具が乾いているのを確認してから、布をかぶせ、イーゼルから外して作業部屋から運び出した。

そのまま、布で包んだそれを、本棚の一番下の段の広く空いているスペースに立てる。

「さすがに、本人に見られるのは恥ずかしいしね。勝手にモデルにしたから、怒られちゃうかもしれないし」

「……いや、喜ぶんじゃないか。そんな……きれいに描いてもらったら」

背中にじっとりと汗をかいていた。

なんとか当たり障りのない反応を返しながら、心を落ち着かせる。

以前大学で、真野の顔の下絵を見たときはきれいだと思ったはずなのに、全体像を見た瞬間にぞっとした。

知っている人間が描かれているというだけで、佐伯の絵は急に禍々《まがまが》しさを増したようだった。

どんなにいい奴に見えても佐伯は連続殺人犯なのだと、あれだけ何度も自分に言い聞かせたのに、俺はただ、わかっているつもりになっていただけだった。結局、自分の常識の中でしか考えていなかった。

佐伯に好意を持たれている以上、真野は安全だと思っていたのだ。

好きな相手のことは殺さないなんて、そんな保障はどこにもないことに、俺はようやく気がついた。

佐伯が真野に好意を持っていたとしても、彼女が安全とは限らない。

そして、それは俺も同じことだった。

俺は佐伯のパソコンで作業をし、佐伯はその様子を見に来たり、作業場を片づけて看板を塗る準備をしたりしているうちに、一時間ほどが過ぎた。

佐伯の目が俺から離れることも何度もあったが、背を向けていても同じ室内にいるか、すぐ隣の部屋でドアを開けて作業をしているので、本棚のファイルを漁《あさ》るほどの余裕はない。

証拠を探すチャンスもないまま、チラシ作りの作業ばかりが進み、そうこうしているうちに佐伯のスマートフォンに着信があった。

「はい。……お疲れさま。うん、こっちは大丈夫。来られそう？」

真野からのようだ。

真野が合流したら、もう証拠を見つけるチャンスはなくなる。

佐伯が電話に気をとられている間に……と思ったが、佐伯は俺のほうを向いたまま話をしていて、部屋を出て行く気配もない。その目を盗んで本棚やカメラのデータを漁るのは無理だ。

もう、今日はあきらめたほうがよさそうだった。もともと無理があったのだ。

俺は、後は色を塗るだけの状態にしたチラシのデータを保存し、息を吐いて肩を回す。

落胆はしたが、同時に少しほっとした。

決定的な証拠がなくても、ある程度具体的な情報を流せば、警察は動いてくれるかもしれない。匿名の目撃情報による、ということにしたほうが、俺が佐伯に怪しまれるリスクも低くて済む。神様が、無茶をするなと言っているのだ、きっと。

そう思って少し気が楽になったそのとき、

「今、どのへん？　……うん、じゃあ、建物の前に出てるよ。このあたり、似たようなマンションが多いから……うん。ううん、全然」

佐伯がそう言うのが聞こえてきて、俺は思わずそちらを振り向いた。

佐伯も「じゃあ、前の道で待ってるね」と言って電話を切り、こちらを見る。

「真野さん、もう最寄り駅まで来てるみたい。そこまで迎えに行ってくるね」

「……ああ、わかった。こっちはもうすぐできるから、真野が来たら配色について決めよう。全パターン用意しておく」

よろしく、と笑って佐伯は上着を羽織り、スマートフォンだけ持って出て行った。

……出て行った。無防備にも、俺を部屋に残して。

気を抜きかけた俺に、神様が、あきらめるな、と言っているとしか思えなかった。

玄関のドアが閉まり、佐伯の足音が遠ざかるのを確認してから、俺は急いで立ち上がった。

まずはデジタルカメラを手に取って、電源を入れ、データを確認する。

佐伯はこまめにデータを消しているようで、隠し撮りらしき真野の写真は何枚か出てきたが、事件現場を写したと思われるものは残っていない。電源を切って棚に戻し、今度はファイルを抜き取った。

佐伯が戻ってくるまで、どれくらい時間があるのか。真野がすぐに来たとしたら、エレベーターで下りて、再び上がってくるまでは、三分もかからないだろう。真野が道に迷っていることを祈りながらファイルをめくる。

一冊目のファイルは、大学の課題をまとめたものだった。棚に戻して二冊目を手に取る。今度は、ラフスケッチやアイディアのメモを綴《と》じてあるファイルのようだ。これも外れか、と失望しかけたとき、クリアファイルに挟まった写真の束がページの隙間から床に落ちた。

ばさっとクリアファイルの間から、何枚かが飛び出して床の上をすべる。

慌てて拾い上げ、見てみると、血に汚れた茶色いコートが目に入った。

あった。これだ。

落ちた写真を、そのまま床の上に広げる。少し離れたところから撮ったものも、かなり近くから、被害者をアップで写したものもあった。生々しさに目を背けたくなったが、幻視の中で視ていたおかげで、なんとか平静を保つことができた。

広げた写真を、俺はスマートフォンで撮影する。何が写っているのかはっきりとわかるよう、何枚かは接写して、またクリアファイルに戻し、紙のファイルに挟んで本棚にしまった。

これで目標は達成したようなものだが、探せばほかの被害者の写真もあるかもしれない。

俺は再びパソコンの前に座った。データがあるなら、きっとここだ。今ならロックもかかっていない。

リビングの入口からは、パソコンの前にいる人間の背中が邪魔になって、モニターは見えないはずだ。佐伯が戻ってくる気配を感じてから画像を閉じても間に合う。時間の余裕はある。

編集ソフトのウィンドウを縮小して、デスクトップからそれらしいフォルダを探した。俺の自宅のパソコンはアイコンがモニターの半分近くを侵食しているが、佐伯のそれはすっきりと整理されていた。おかげで探しやすい。

「pictures」と書かれたフォルダを見つけて開く。佐伯は几帳面な性格らしく、画像は画像だけでフォルダ分けされているようだ。好都合だった。

フォルダを開くと、その中にまたいくつものフォルダがあった。その中のどれに、犯行現場の写真が入っているかはわからない。それらしいタイトルのものから開いていくしかないが、もしかしたら、まったく関係のない名前のフォルダに隠してあるかもしれない。

手始めに、「真野さん」というわかりやすいフォルダ名が目についたので開いてみると、その中にまた、何年何月、と日付別に分けられたフォルダが並んでいる。一番古いフォルダの日付は、今年の8月だった。開いてみると、大量の画像ファイルが出てくる。

画像ファイルの一枚を開くと、真野の横顔を写した写真が表示された。近くから撮ったものではない。次の一枚、また一枚とクリックして画像を開く。車道を挟んで反対側の歩道を歩いている彼女を撮ったと思われるものや、「ひだまり」の事務所にいる彼女を、ガラスドアごしに狙ったショットもある。明らかに隠し撮りとわかるアングルの写真ばかりだった。

8月なら、佐伯がボランティアに参加して、真野と知り合う前だ。

佐伯はやはり、最初から真野に近づくつもりで、彼女目当てでボランティアに登録したのだ。

連続殺人事件は、一件目が7月、二件目が8月の頭に起きていたはずだ。そして8月に殺された被害者は、ホームレスの男性だった。佐伯が真野の隠し撮りをするようになったのは、ファイルの日付からすると、8月半ばごろからのようだ。

佐伯は標的にするためにホームレスたちのことを観察していて、そこで、ボランティア活動をする真野を見つけたのかもしれない。

その後、佐伯は真野に近づくために「ひだまり」でボランティア登録をした。副産物として、標的候補のホームレスたちに近づくこともできて、一石二鳥だっただろう。もしくは、真野が「ひだまり」でボランティア活動をしていたからこそ、ホームレスを標的にしたのか？

佐伯なりの理屈があったのかもしれない。

たとえば、気を落とすだろう真野を自分が慰めることで、親しくなろうとしたとか……いや、それはなんだか佐伯らしくない。それよりもむしろ、歪《ゆが》んだ好意の示し方でも、真野のために殺したというほうがまだしっくりくる。

殺された被害者は真野を困らせていたからとか——ホームレスの被害が相次ぐことで彼らの危機意識が高まり、支援を受けることに積極的になったらしいから、それが目的だったというのもあながちない話ではない。

事件を報道する番組を観ているときも、佐伯は、ほんのわずかも罪悪感を感じている様子がなかった。

それは、彼の中では正当な理由があって殺しているからか——ただ単に、人を殺すことを何とも思っていないだけか。

ホームレスたちを殺したことを練習、と言ったのが本心なら、その意味も気になる。

本当は、坂口南海のような若い女性を殺したかった、という意味かとも思ったが、それだけだろうか。

坂口南海は、真野と雰囲気が似ていた。

佐伯が本当に殺したいと思っているのは、もしかしたら——。

いや、動機なんて考えても仕方がない。

それに、ストーキング行為に引いている場合でもない。

今はとにかく、証拠だ。

俺は画像を閉じて、最初のフォルダへと戻る。この中に、犯行現場の写真もあるはずだ。しかし闇雲に開けていっても、佐伯が戻ってくるまでに全部を確認することはできない。

犯行現場となった場所の名前や、日付。それらしいフォルダ名を探す。真野の隠し撮り写真はそのままの名前のフォルダに入れてあったから、犯行現場の写真が入っているフォルダにも見ればわかるような名前がついている可能性は高い。

気ばかり急いて、気づけば床についた足が小刻みに震えていた。落ち着け。

フォルダ名を順番に確認していくと、整然と並んだフォルダの一番左の列に、展示されていた絵の一枚と同じ名前を見つけた。――『殺人者の晴天』。

もしかして、と急いで開くと、その中にはフォルダが二つあった。フォルダ名は日付だ。今年の7月末のものと、今月……一週間ほど前の日付のもの。

日付の新しいほうから開けてみる。

数枚の画像ファイルが入っていた。一番端のものをクリックして開いて、喉が鳴った。

コンクリートの壁に背を預けて地面に両脚を投げ出した、茶色いコートにニット帽の男性。その身体には、無数の傷が走っている。

幻視した通りの、凄惨《せいさん》な犯行現場の写真だった。

ついさっきファイルに挟まれた紙の写真を見つけた、その元データだ。

急いで古いほうの日付のついたフォルダを開く。

そこにも、似たような写真が入っていた。トンネルか、地下通路の中だろうか。見たことのない初老の男性が、血まみれで倒れている。

今年の8月頭——確か、二人目の被害者が出て、前の事件と同一犯の仕業ではと騒がれたのがそのころだったはずだ。ということは、これは二人目の被害者の写真なのか。

そういえば、二人目の被害者が発見された現場は確か、佐伯の通う美大のすぐ近くだったはずだ。

これで、二件の殺人についての動かぬ証拠が見つかった。これを警察に見せれば、間違いなく動いてくれる。

SDカードやUSBメモリも一応持ってきていたが、データをダウンロードしている最中に佐伯が戻ってきたら言い訳できない。俺は先ほどと同じように、スマートフォンでパソコンの画面を写真に撮った。これが一番早い。

それから思いついて、携帯電話のカメラを動画カメラに切り替え、部屋の内部を撮ってからパソコンの画面へカメラを向けた。佐伯の部屋と、彼のパソコンの中の、血まみれの死体の写真を動画に収める。

やった、と思った。

鳥肌が立っていた。

スマートフォンをしまい、いつのまにか滲《にじ》んでいた額の汗を拭く。

まだ、佐伯が戻ってくる気配はない。

画像やフォルダをすべて閉じ、編集ソフトのウィンドウを開いて、息を吐いた。

証拠は今、俺の手の中にある。今すぐここを出て警察に駆け込みたいくらいだが、万一、警察が動かなかった場合や、捜査が始まってもすぐには佐伯が逮捕されなかったり、逮捕されても後で釈放されたりしたときのことを考えると、そうもいかない。告発したのが俺だと気づかれないためには、最後まで怪しまれないよう振る舞う必要があった。

気づかれたら終わりだという恐怖と、証拠をつかんだという高揚感が同時にある。

俺は呼吸を整えて、佐伯が真野とともに戻ってくるのを待った。

＊　＊　＊

チラシとポスターは、何パターンか異なる配色の案を作ったが、結局、すべて同じ色で統一したほうが、利用者にわかりやすくていいだろうと意見がまとまった。チラシとポスター用のデータは、色が決まれば、後はクリック一つで該当箇所を塗り潰せる。

チラシを一枚出力して横に置き、それを参考にしながら、三人がかりで看板の色塗りをすることになった。

佐伯があらかじめ下絵を描いてくれているので、その線に沿い、三方向から刷毛を使って水色と黄色に塗り分けていく。

真野は自前のエプロンを持参していた。俺は佐伯に予備を借り、シャツの腕をまくりあげて臨んだ。

おおむねチラシと同じデザインだが、看板には、ワンポイントで紙飛行機が飛んでいる。そこはオレンジ色に塗ることになっていた。比較的細かい作業なので、その部分の担当は佐伯だ。

「ちょっと雑音があったほうが集中できる」と佐伯が言うので、リビングではテレビをつけっぱなしにしていた。今は芸能人の不倫に関するニュースが流れている。

先に塗ったところが乾いたらまた重ねて塗る、という作業が必要だったが、三人で手分けしたおかげで、それほど時間をかけずに終えることができた。

まだペンキが乾いていない看板に触らないように気をつけて、全体を確認する。なかなかいい出来だ。

「完成？」

「ほぼ。完全に乾いたらニスを塗るんだけど、一晩置いたほうがいいから、今日はここまでかな。ニス塗りくらいなら僕一人でも平気だし」

お疲れ様、と佐伯に言われ、俺と真野は「お疲れ様」と返して刷毛を置いた。

「んー、身体固まった！」

「この姿勢、腰にくるな」

それぞれ立ち上がり、身体を伸ばす。

ドアを全開にして作業をしていたが、ペンキのにおいで頭が痛くなりそうだ。

真野が真っ先に作業場から出て、リビングの窓の前へ行き深呼吸をした。

佐伯と俺も彼女に続く。

「真野さんが持ってきてくれたお菓子、食べようか。コーヒー淹れるね」

「やったーおやつタイム！　って、もうこんな時間だけど……ま、いいか。夕食軽くすれば」

遅れて合流した真野は、手土産にエクレアを買ってきていた。

佐伯は俺たちに「座ってて」と言ってキッチンへ行き、電気ケトルのスイッチを入れる。キッチンといっても、同じ空間を腰までの高さのカウンターで区切ってあるだけなので、冷蔵庫を開ける様子から皿を出す様子まで全部見えた。

手伝うほどのこともなさそうなので、俺も真野にならってテーブルにつく。椅子を引きながら何気なく足元に目をやって、はっとした。

テーブルの下、ちょうど真野の足元に写真が落ちている。

裏返しになっているが、サイズから、それが写真なのは間違いなかった。さっき落としたとき、一枚拾い損ねたのだ。

血の気が引いた。

落ちたのがどの写真かはわからないが、まず間違いなく、遺体の写真だ。真野に見られてしまったら、ごまかしようがない。

佐伯は、ちょうどこちらに背を向けているが、真野に気づかれずに拾って隠すのは無理だ。真野が気づく前に俺が拾って、裏向きのままで佐伯に渡す？　いや、拾ったのに表を見ないのも不自然だ。何か落ちていると佐伯に指摘するだけにするか？　しかし佐伯は今キッチンにいる。写真に一番近いのは真野だ。今指摘したら、きっと真野が、佐伯より先に拾ってしまう。

声をかけるなら真野を写真から遠ざけてから——いや、真野が最後まで気づかなければいいのだ。俺も気づかないふりをして、このままやり過ごす。チャンスがあれば、足で見えにくいところに写真をすべらせて、佐伯がしばらく気づかないように移動させられればベストだ。

俺たちが帰ってから佐伯が写真に落ちていることに気がついても、それがいつ落ちたのかわからなければ、俺や真野が疑われることはないだろう。

俺はなるべく写真を見ないように、視線を下へ向けないように気をつけながら、真野が写真に気づかないことを祈った。

エクレアを食べてコーヒーを飲んだら、何か理由をつけて、怪しまれない程度にさっさと退出しよう。

音量を絞ってずっとつけたままになっているテレビでは、先ほどとは別の番組でまた連続殺人事件のニュースに触れていた。

犯人に家族がいれば不審な行動に気づくはずだから、犯人は単身者ではないかとか、いや、そうとは限らないとか、お笑い芸人と社会学者とがそれぞれ意見を述べている。

写真に目を向けないように意識した結果、俺はテレビ画面を凝視することになった。

「結局、犯人の手がかりってほとんど見つかってないんだね」

同じ画面に目をやった真野は、コメンテーターたちのやりとりを、さしておもしろくもなさそうに眺め、

「ね、もし、家族とか、身近な人が犯人だったら、先輩はどうする？　自首をうながす？」

画面から俺へ視線を移して訊いた。

「そりゃ……確か、自首すれば、罪が軽くなるんだろ。だったら自首したほうがいいって言うよ」

俺は、キッチンの佐伯を気にしながら応える。

「これだけ騒ぎになってるんだし、逃げ続けるとか無理だろ。だったら少しでも罪が軽くなったほうがいいって、説得する……かな」

こちらに背を向けているとはいえ、佐伯の前でこの話題はよくない。彼の反応が怖い。

俺が言い終わるのとほぼ同時に、まるで見計らったかのように、佐伯がコーヒーカップを持って来た。すぐにもう一往復しようとするので、俺も立ち上がり、エクレアを運ぶのを手伝う。

俺の祈りが通じたのか、テレビ番組の話題は政治家の汚職事件に移った。

俺は、「ひだまり」のことや大学のことなどをあれこれ話す真野と佐伯に、適当に相槌《あいづち》を打ちながら、時間が過ぎるのを待つ。せっかくのエクレアを味わう心の余裕はなかった。

テーブルの下で、足で写真をこちらへ引き寄せられないかと思ったが、佐伯はともかく、写真のすぐそば近くに座っている真野には気づかれそうだったし、足がつりそうだったのであきらめた。

二人のコーヒーの減り具合を見る。あと少しで飲み終わりそうだ。全員のカップが空になったら、そろそろお開きにしようと言おう。

この時季は日が落ちるのも早く、もう窓の外は暗い。もう真っ暗だな、と今気づいたかのように言って、「遅くまで悪かったな」と佐伯を気遣う流れに持っていけば自然だ。脳内でシミュレーションをする。

佐伯と真野が、床の写真に気づいた様子はない。

「――ごちそうさま。おいしかった」

もうほとんど残っていなかったカップに口をつけ、俺はたった今飲み終わったかのように言った。二人のカップも空になったようだと、確認してある。

さて、と立ち上がり、飲み終わったカップと皿を両手に持った。

「俺、カップ洗うよ。何も持ってこなかったし、せめて」

「え、いいよ。置いてってくれれば……」

「後で三人分洗うのは大変だろ」

別に親切心から言っているわけではない。ただ、早く帰りたいだけだ。カップを洗ってしまえば、「もう一杯」という話にはならないだろう。

佐伯は「ありがとう」と笑った。

「じゃ、一緒に洗おうか。拭いてしまうのは僕がやるから……真野さんはくつろいでて。エクレア持ってきてくれたしね」

「あ、ただしそのへんのものとか勝手に触るのは禁止だぞ、同じ男として言うけど。テレビとか観てて」

万が一にも、本棚のファイルに手を出したりすることがないよう、真野を牽制する。真野が他人の家のものを勝手に漁るとは思っていないが、念のためだ。真野は「了解っ」と敬礼し、佐伯が笑った。

佐伯と二人で汚れた食器をシンクへ運び、俺はシャツの袖をまくる。看板を塗っていたときも袖はまくっていたから、もう癖がついていた。佐伯が、「それ使って」とスポンジと洗剤を示してくれる。

「今日はありがとう。パソコンで作業すると早いんだね。僕もちょっと勉強してみるよ」

「ああ、早かったのはデザインができてたからだよ。いいものができてよかった。個展の絵の印象が強かったから、佐伯の画風でイベントのチラシと看板……？　って最初は思ったけど」

「さすがにそのあたりはね、ニーズを考えて。趣味に走ったりはしないよ」

スポンジを濡《ぬ》らして洗剤を含ませると、あっというまに泡立った。皿とカップに泡をつけて軽くこすり、水で流しては佐伯に渡しながら、思い切って訊いてみることにする。

「何か、意味深な絵が多いよな。隠されたものが透けて見えて、ドキっとするような」

佐伯と話すのはこれが最後になるかもしれない。

俺のスマートフォンには彼の犯罪の証拠があって、俺はそれを警察に提出するつもりでいる。その前に、少し話をしたかった。

馬鹿なことをしているかもしれない。怪しまれずに一刻も早くこの部屋を出ることだけを考えるべきなのはわかっていたが、もうこれで会えなくなると思うと、ちゃんと言葉も交わさずに別れるのはなんとなく嫌だった。

それはもちろん、俺の自己満足でしかなかったが、佐伯は怪しむ風もなく、「そう思ってもらえたなら嬉しいよ」と笑顔で言う。

「そうだね、隠されてるものには興味があるかな。外側より内側が気になるっていうか……物質的にもそうだし、もうちょっと観念的な意味でもね。人間ってすごく複雑なものだと思うから、それ自体に興味があるんだけど」

「それで、あんな内臓出てる絵とか描くのか」

「あはは、うん、内臓も好きだよ。形とか、機能を考えるとすごいなーよくできてるなーって思うし、筋肉組織とか、あと血管とかね！　すごく好きだね。骨も好きだけど」

「……………」

「うん、大体皆引くんだよねこの話すると」

佐伯は眉を下げて苦笑する。

目を輝かせて若干前のめりになりながら血管や筋肉組織への愛を語られれば、大抵の人間はそういう反応だろう。

俺はスポンジと手に残った泡を流し、スポンジを絞って水を止めた。

「まあ、その嗜好《しこう》が芸術に反映されてるわけだからいいんじゃないか。本人が明るいから、絵の雰囲気とギャップがあって皆驚くんだろ」

彼の絵や嗜好自体に問題があるわけではない。ただ好きなだけなら個人の自由だ。問題は、その嗜好に基づいて、実際に他人を害する行動のほうにある。

作品に反映させるだけにとどめてくれていればよかったのに、と思いながら俺がそう言うと、

「やっぱり、久守くんはいい人だなあ！」

佐伯は感情をその声や表情から溢れさせて、がっしりと俺の右手をとった。

感動すると相手の手を両手で握るのは佐伯の癖らしい。これで二度目だ。

油断していたところに、視界が切り替わる感覚が来る。

今日初めての幻視だった。


佐伯が歩いている。夜だ。背景に木が見える。

公園だろうか。しかし、中央公園ではなさそうだ。

目が何気なく下を向くと、あのカーキ色のモッズコートが視えた。

佐伯の向かう先に、誰かが立っている。体型や服装からして女性のようだが、暗くてよく見えない。カジュアルなコートを着ている。殺されたばかりの坂口南海が着ていたものと、同じような。

佐伯は少し歩く速度をあげて、彼女に近づく。


それだけだった。

ナイフも、血も、犯罪を示唆《しさ》するようなものは何も視えなかったが、佐伯が夜、外で誰かと会っているというだけで不穏だった。

きっとあの女性は、次の標的だ。いつか佐伯は、彼女を襲う。十分に「練習」を終えて、本来の好みに合った被害者を選んで犯行を行う。それは明日かもしれないし、今夜かもしれない。

俺は腕を引いて、佐伯の手から逃れる。手を握られたままだと、皮膚から俺の緊張や恐怖が伝わるのではないかと——そんなことがあるはずもないのに——不安になった。

「俺の手、濡れてるから」

「あ、このタオル使って」

佐伯は何も疑っていないようだ。タオル掛けから乾いたタオルをとって渡してくれる。

「今描いている絵も、来週中には完成すると思うから、そうしたらまた見てほしいな。次はちょっと、これまでと違うモチーフにも挑戦してみようかと思ってるんだ。夜の公園をテーマに、キャンバスのサイズも大きいのにして」

嬉しそうに話す様子を見る限り、気づかれてはいない。それは喜ばしいが、親しみを湛《たた》えた彼の目に、安心するよりも、戸惑いが先に来た。

やはり佐伯は、普通ではない。

本質は、悪い人間ではない、のかもしれない。

しかしどこかが決定的におかしい。欠けているのか、狂っているのか。

絵を誉められて素直に喜び、知り合って日の浅い俺に見せた顔が演技でないのなら——それと同じ人間が、人を殺し、切り裂き、死体を写真に撮っているというなら、やはり、どこかに歪みがある。

彼に必要なものは、罰なのだろうか。

俺が望んでもいないのに幻視の能力を持って生まれたように、生まれつきの病のように、佐伯が人を殺さずにいられないのだとしたら——殺人が、彼自身にもどうすることもできない衝動のせいなのだとしたら、必要なのは治療ではないのか。

そんな考えが頭に浮かび、慌てて打ち消した。何を今さら。どんな理由があろうと、これ以上被害者を出すわけにはいかない。そして、罪は償うべきだ。

食器を洗い終え、振り返ると、真野は真面目な顔でテレビを観ていた。一体何をそんなに熱心に、と思って見てみれば、髪がつやつやになるというヘアパックの宣伝だ。

写真は、まだ、真野の足元に落ちている。よかった。佐伯にも真野にも気づかれないまま部屋を去ることができそうだ。ほっとした。

「そろそろ行くか」

俺が声をかけると、真野は画面から顔をこちらに向けて立ち上がる。

「うん。二人とも、洗い物ありがとう。じゃあ、佐伯くん、ニス塗りお任せしちゃってごめんね」

「大丈夫。ニスが完全に乾いたら、『ひだまり』に持っていくからね。久守くんも、ふれあいカフェには参加するんだよね？　なら、月末にね」

「ん、またな」

予定通り、スムーズに退出できた。

玄関まで送ってくれた佐伯に背を向け、真野と並んで歩き出す。

ほっとした。これでもう、危険を冒して佐伯にかかわらなくてもいい。匿名で証拠を警察に送りつけ、電話をかけて、それでおしまいだ。佐伯は逮捕され、未来の被害者たちは救われる。俺は安全な場所からそれを見ていればいい。

安堵《あんど》したのは本当なのに、そしてようやく手に入れた証拠が手の中にあるのに、気分は晴れなかった。

エレベーターが来て、乗り込む前に振り向くと、マンションのドアを押さえて、佐伯はまだこちらを見ていた。じゃあね、というように笑顔で手を振っている。

どうしたらいいのかわからない。

殺人犯に情が移るなんて。

真野と二人で、駅へ向かって歩いた。

どうしたらいいかわからないと思ったが、どうするべきかなんてもちろんわかっている。どうしようもないのは、こんな感情を持ってしまったことだ。

四人も殺せば、死刑はまず間違いないだろう。自分の告発で、佐伯を死刑台へ送ることになると思うと、どうしようもなく躊躇《ちゅうちょ》する気持ちが湧いた。

犯行は止めなければいけない。そして犯した罪については、裁かれ、償われなければならない。けれど——罰より治療を、というのは無理だとしても、せめて、彼の歪みが一種の病気に起因するものなら、裁判上もそれを考慮してもらえるように、減刑されるように、なんとか、何か、できないか。

見逃すという選択肢はないが、その中で、せめてできることを考える。友人として。

「先輩？　駅、こっちだよ」

真野に言われて、はっとした。間違った道に入ろうとしていた。

「ごめん、ぼーっとしてた」

「今日は、私より前に着いて作業してくれてたんやもんね。お疲れ様」

佐伯が逮捕され、その所業を知ったら、真野はショックを受けるだろう。下手をしたら、佐伯が出入りしていたというだけで「ひだまり」の活動にも影響が出るかもしれない。

せめて、自首を促してみようか。俺自身へのリスクが大きすぎると、真っ先に却下したつもりの選択肢だったが、佐伯の部屋でテレビを観ながら話しているとき、それも頭をかすめたのだ。

佐伯は俺に、本当の顔を隠している。俺もまた、本心を隠している。佐伯に気に入られようと意識して、彼が喜びそうなことを言い、まんまと近づいただけだ。

佐伯が俺にとってどれだけいい友人でも、彼のしたことは許されないし、そもそも、俺に見せている顔が本質であるとも限らない。そんなことはわかっているのに。

「じゃ、先輩、私こっちなんで」

駅の改札を抜けたところで、真野が言った。

真野は今日は、クリーム色のニットを着て、その上に紺色の、丈の短いピーコートを着ている。

しかし彼女も、確か、カーキ色のコートを持っていた。今年の流行らしく、男性も女性も、似たようなものを着ているのをよく見かける。

ついさっきの幻視で視た女性が真野だという確信はないが、背格好は似ていた気がした。いくら佐伯が殺人犯でも、真野を襲ったりはしないだろうと思っていたが、今日一日でそうとも言えなくなってきた。ホームレスたちが「練習」で、坂口のようなタイプが佐伯の本当の標的なのだとしたら、真野も当てはまる。

それどころか、坂口はむしろ、体形や雰囲気が真野に似ていたから狙われたのではないかとさえ思えてきた。本当に殺したいのは真野で、坂口さえ、そのための練習にすぎないのではないか――。

まさかそこまでとも思うが、用心しておくにこしたことはない。

「待っ……」

せめて警告をと、歩き出そうとした真野の腕を思わずつかんで止めた。

その瞬間視界が切り替わった。


まず視えたのは金属の支柱だ。柱、と呼ぶには細い。その上には、幌《ほろ》のような形の屋根が載っている。真野はその下に立っている。暗いが、街灯の明かりで、周りに木がたくさんあるのがわかった。寒そうに手を擦《こす》り合わせたとき、カーキ色のコートの袖が視えた。

木の向こうには建物もあり、明かりのついた窓が見える。

真野が、何かに気づいたかのように、背後を振り返る。佐伯が笑顔で近づいてくる。

一瞬ナイフが視えた。

刃が真野に突き立てられる前に、幻視の夜はかき消えた。


ぶつりとスイッチが切れるように、現実世界の音と景色が戻った。

目の前には、幻視の中とは違うコートを着た真野がいる。

真野に触れて幻視が起きたのは、記憶している限り初めてだ。後ろ暗い秘密や不穏な未来が視えないということは、真野に暗部がないからなのか、それとも体質的に俺の能力とは相性が悪くて、彼女に触れても幻視は起きないのかと思っていたが——後者ではなかったことがこれでわかった。

俺はつかんだままだった彼女の腕を離した。

「やっぱり……」

「え?」

やっぱり、あれは真野だった。

真野は夜、木と街灯のあるどこかで、佐伯に襲われる。——襲われる瞬間を視たわけではないが、ナイフが視えた。

殺されたところは視えていない、というのが救いだった。あの後佐伯が思いとどまる可能性もあるし、真野が逃げおおせるか、誰か人が通りかかって助かる可能性もある。

しかし、彼女が危険であることに変わりはない。

「……送って行く」

「え?」

「家の前まで送る。もう暗いし、危ないだろ。……通り魔事件の被害者、今度は若い女性だったってニュースで言ってた」

坂口だったことは、言わないでおく。いずれわかることだろうが、今、その話はしたくなかった。

これまでの経験で、一度視えた未来は変えられないとわかっているが、まだ真野が殺されるところが視えたわけではない。

それに、さすがに、佐伯が逮捕されてしまえば真野は安全なはずだ。

幻視の中で真野はカーキ色のコートを着ていた。ということは、今日、この後、襲われることはない。しかし念のため、まずは真野を無事自宅まで送り届けて、今日のうちに警察に証拠を持っていく。警察がすぐに動いてくれれば、連続殺人はこれで終わる。

俺はちらりと横を歩く真野を見た。

クリーム色のニット。先ほど幻視の中では、真野はコートの前を締めていたから、中に何を着ていたかはわからないが――クリーム色のニットとカーキ色のコートの組み合わせは、以前、幻視の中で視たことがあった。

あれは坂口南海だとばかり思っていたが、はっきり顔が視えたわけではない。

ニットにナイフを突き立てられていたあの被害者が、真野だったとしたら、未来はもう――

いや、まだ決まったわけではない。

「そのコート似合うから、いっぱい着たほうがいいぞ」

俺の家とは反対方向のホームへ続く階段を上りながら言った。

真野は、「えっ何急に」と目を瞬《またた》かせる。

「いや、ほら、今年はちょっとミリタリーっぽいのが流行ってるだろ。だからむしろ、そういう、違うテイストのコート着てたほうが目立つっていうか……」

「へぇー、先輩、こっちの感じのが好みなんだ。そっかあ」

ちょうど電車が来たので、そろって乗り込んだ。

真野は笑顔でコートのボタンをいじっている。のんきなものだ。

夜は一人で出歩くなよ、と俺が言うと、くすぐったそうに「はーい」と応えた。


真野を自宅の前まで送って行った後、俺は人気のない夜道で、スマートフォンを取り出した。

佐伯の部屋で撮った写真を確認する。動画も、ちゃんと撮れている。十分な証拠になるはずだった。

警察に証拠として提出するなら、記録媒体にデータを移すか、出力したもののほうがいいだろう。俺は駅前の家電量販店に入ってUSBメモリとケーブルを買い、その足ですぐ隣の漫画喫茶に入ってパソコンとプリンターを借り、写真を出力した。

ついさっきまでは友人を告発することに躊躇していたが、明日にでも真野が襲われるかもしれないのに、迷っている時間はない。

俺は紙の束とUSBメモリを握りしめ、交番を探した。いや、もっと大きな警察署のほうがいいだろうか。すぐに捜査員が出動できるような……大きいところだと、かえって待たされて時間がかかるだろうか。

スマートフォンで検索してみると、歩いて行ける距離に警察署があるようだった。俺はそこへと向かいながら、この後のことを考える。

佐伯に自首を促すなら今しかない。

自首をすれば、刑は軽くなるはずだ。

しかし、たとえ電話ごしにでも、佐伯に直接、おまえのしたことを知っていると告げるのには勇気が要った。

証拠があると言えば、佐伯も自首を決意するかもしれない。しかし、そのためには、俺が佐伯の部屋を漁って証拠を見つけたことを告白しなければならなかった。

それを思うと、どうしても躊躇してしまう。

つまり俺は、告発したのが自分だと佐伯に知られたくないのだ。

警察署が見えてきた。

一晩考える、なんてことはできない。

まだ決心はついていなかったが、俺は佐伯に電話をかけた。電話をするのは初めてだ。電話がつながっても、言えるかどうかはわからない。どう言えばいいのかもわからない。それでも、勢いでかけてしまわないと、いつまでもぐずぐずしそうだった。

コール音が鳴るが、佐伯は出ない。

移動中だろうか。こんな時間に？

嫌な予感がした。

やはり、迷っている場合ではない。

俺は警察署へ駆け込み、連続殺人事件について情報提供をしたいと申し出た。できれば、俺の素性は隠したうえで証拠を郵送したいと思っていたが、もはやそんな悠長なことは言っていられなかった。

「犯人、たぶん、俺の友人なんです。さっきから電話がつながらなくて、もしかしたら、また誰かを襲うつもりで外に出ているのかもしれません」

そういう相談は少なくないのかもしれない。

受付にいた若い警察官は、最初は困った顔をしていたが、俺がスマートフォンの画像を見せると顔色を変え、担当部署に内線をかけてくれた。

日勤の勤務時間は過ぎているはずだが、俺にとってはラッキーなことに、たまたま担当者が残っていたらしく、ロビーまで下りてきてくれる。俺は待合スペースのベンチから立ち上がり、スーツを着たその担当刑事に頭を下げた。

刑事ドラマで見るような強面ではなく、太い眉の下の目元が優しい、真面目そうな若い男だった。

「担当の宮本《みやもと》と言います。情報提供者の方ですか？」

「はい。すみません、緊急事態かもしれなくて。犯人は俺の友人です。それで、たぶん、そいつが次に狙っているのも、俺の知ってる子で……あの、これ、そいつの部屋で見つけました」

受付でも見せたスマートフォンの動画を見せる。宮本と名乗った刑事は、動画を観て眉根を寄せた。これは、という顔だ。

「写真もあります。さっきプリントしてきました。……これ、データを入れたUSBも」

「こっちへ。ゆっくり聞かせてください」

「あの、時間がないんです。……あ、この写真の持ち主の名前と、自宅マンションの場所……」

待合のソファ前に、様々な手続きのための申し込み用紙を書くための台があり、そこにボールペンが備えつけてあった。俺は台の上に写真を並べ、一枚の裏に佐伯のフルネームとマンション名を走り書きする。

「これです。俺が情報提供したってことは、できれば伏せてください。それから、狙われているかもしれない女の子の保護をお願いします」

「落ち着いて。大丈夫ですよ。向こうで話を聞きますから」

なだめるように腕に手を添えられる。話ができる部屋へ連れて行こうとしたのだろう。あっと思った次の瞬間、視界が切り替わった。

宮本刑事が、夜の森の中を走っている。……森、ではないかもしれない。左右に木が植わっているので一瞬そう思ったが、森林公園か何かだろう。

街灯の下を通り過ぎ、木々の合間から建物が見えて、それが真野に触れたときに幻視したのと同じか、近い場所らしいとわかった。——どこだ。

宮本が、よくわからないオブジェのようなものの前を通りすぎる。

どこかで見た覚えがある……。

そう思ったとき、宮本が角を曲がり、前方に駐輪場が見えてきた。

暗く、距離もあるのでぼんやりとしかわからないが、人が立っているのが視える。

そして、自転車の間から突き出た——地面の上に投げ出された、誰かの足も。

視界が戻った。

俺は目の前の宮本を見る。

暗くて色ははっきりしなかったが、幻視の中で宮本が身に着けていた腕時計とスーツ、走りながら視線が下がったときちらりと視えたネクタイの柄も、今彼が着ているもの同じようだった。つまり俺が今幻視したのは、今夜、これから起きることだ。

駐輪場に立っていたのも倒れていたのも誰かはわからなかったが、事件が起きた直後に、現場に宮本が駆けつけるということだろう。

そして、幻視の中で視たオブジェのおかげで、現場がどこかもわかった。

佐伯の通う美大のキャンパスだ。

佐伯と真野が会っていたのは、校舎の脇にあった駐輪場だ。

――夜は一人で出歩くなと言ったのに。

あれが今夜起きることなのだとしたら、一刻の猶予もなかった。

「……M美大の学生なんです、そいつ。今、キャンパスにいるかも……」

「あ、ちょっと！　ちょっと待って、君、待ちなさい！」

M美大です、とだけもう一度念を押して、俺は警察署を飛び出した。住所氏名を申告して、悠長に説明している時間なんてなかった。

警察が、裏づけをとらなければ動けないというなら、今日の犯行は俺が止めるしかない。幻視の通りなら、宮本刑事は俺を追ってくるはずだが、彼が現場に到着するのは、誰かが倒れた後だ。

行ってみて何もなかったら、それはそれでいい。幻視は今日のことではなかったというだけだ。証拠は渡したし、佐伯の名前も大学名も住んでいる場所も伝えた。後は警察に任せればいい。

車道に身を乗り出すようにしてタクシーを停《と》めた。

「M美大までお願いします！」

動き始めた車内でスマートフォンを取り出し、もう一度佐伯にかけてみる。やはりつながらない。

続けて真野に電話をかけてみたが、こちらもつながらなかった。

いよいよ、よくない。

俺はスマートフォンを握ったまま、運転手に「急いでもらえますか」と言った。

俺に視えるのは大抵が、人に知られたくない秘密や、不穏な未来だ。

宮本刑事に触れて視えた未来があれだったことに、嫌な予感がしていた。

警察官にとって汚点になるような、思い出したくもないような何かが、今夜起きるのではないかと――殺人犯を取り逃がす、くらいならまだいい。

誰かが駐輪場に倒れていた。暗くてよくわからなかったが、もう一人がその近くに立っていた。

被害者が出てしまうのか。警察は間に合わないのか。

真野が――いや、そうとは限らない。倒れていたのが、真野だと決まったわけではない。たとえば、俺が間に合って、佐伯を止めることができて――真野は無事で、俺は佐伯を一発ぶん殴って。そこに警察が到着したのだとしたらどうだ。民間人よりも現場に着くのが遅れ、肝心なときにいなかったとなれば、警察としては失態といえるだろう。宮本刑事にとっては、それもまた不穏な未来だ。

そうだ、真野とは限らない。あの場に倒れていたのは佐伯かもしれない。

俺かもしれない。

タクシーが、大学の裏門に横付けになる。

運転手に二千円を渡し、待っていてください、もしパトカーが来たら駐輪場にいると伝えてくださいとだけ言って、車を降りた。後ろから慌てたような運転手の声が聞こえたが、構わずに走り出した。

車の中で、構内図を確認しておいた。駐輪場は、裏門から入って十数メートル先にあったはずだ。

真野が刺されるところを視たわけではない。まだ間に合うかもしれない。

すぐに駐輪場が見えてきた。

キャンパス内に人気はなく、駐輪場に停められた自転車も数台だけだ。

そこに、向かい合って立っている二人が見えた。

こちらに背を向ける形で真野が立っている。佐伯は真野の身体の陰になっているが、両手は身体の横に下ろしていて、凶器を持っているようには見えなかった。

間に合った、のだろうか。

ほっと息を吐いて、俺は走る速度をほんの少し緩める。

「佐伯！」

はっとしたように、真野が振り返る。

さっき見た紺色のピーコートではなく、カーキ色のコートを着ていた。わざわざ着替えたのだろうか。

見たところ、怪我はないようだ。

安堵しかけたとき、彼女が身体をずらしたせいで、佐伯の全身が目に入った。

佐伯は、いつもの笑顔だった。その頬に、赤い飛沫《しぶき》が飛んでいる。

駆けつけてきた俺を見て、笑みを深くする。何か言おうとして開いた口から、赤い血が溢れた。

ゆっくりと、その身体が、背後の自転車を巻き込んで後ろへ倒れる。

俺は、無防備に晒《さら》された佐伯の腹部から滲み出す血に気づいた。

それから、真野の右手に握られた、血に濡れたナイフにも。

「……真野」

佐伯に襲われた彼女が、ナイフを奪い取って刺してしまったのだ。そう思った。

しかしこちらを振り向いた真野は少しも動揺した様子がなく、手にしたナイフを放すそぶりも見せない。

「なんで来ちゃうのかなあ、先輩」

落ち着いた声音は、別人のようだった。

「私には、夜は出歩くなよって言ってたのに。心配してくれてるのに悪いなって思って、私、こっそり出てきたのに……先輩が来ちゃったら意味ないやん」

これは誰だ。俺の知っている真野ではなかった。

強烈な違和感に足がすくむ。混乱して、何も考えられなかった。

「俺は、真野が危ないって……佐伯が、真野を殺すつもりだって、思って」

動かない頭で、やっとのことでそれだけ言う。

「私を助けに来てくれたん？」

真野はぱちぱちと瞬《まばた》きをした。

「なんだ、やっぱり気づいてなかったんだ……あーあ、でも、もうバレちゃったよね」

真野が、手にしたナイフを握りなおすのが見える。

「さっき、危ないから送っていくとか、夜は出歩くなとか言われたから、久守《くもり》先輩は気づいてないなってわかったんだ。ということは、あの写真はやっぱり佐伯くんのだから、佐伯くんにさえ黙っててもらえれば大丈夫だなって思ったのに」

これで最後にするつもりだったのにな、と真野はため息をつきながら、残念そうに言った。

その瞬間、唐突に理解した。

ホームレスたちの行動を把握していて、孤立しがちな標的を選ぶことができ、彼らの周りで目撃されても怪しまれない犯人。坂口を含め、女性の被害者にも警戒されない犯人。

真野なら、すべてが当てはまる。

佐伯は、彼女が殺した被害者の死体の写真を撮っただけだ。

真野をつけまわしていたから、犯行現場を押さえることもできたのだ。

「ひだまり」で最初に視た殺人現場の幻視の中で、ナイフを握っていたのは佐伯ではなかった。あのとき俺の肩を叩《たた》いたのは、真野だったのだ。

今さら気づいても、すべてが遅い。

「……どうして」

「理由なんて要る？」

俺をとらえた目が、す、と細められる。仕方ないな、というように——何かを割り切ったかのように。

背すじが寒くなった。

佐伯と二人でいるときも、何度も「殺人犯と向かい合っている」と思って緊張したが、本物は全然違っていた。

俺は初めて、本当に命の危険を感じていた。

「裏門に、車を待たせてる」

恐怖を押し殺して告げる。

「ここに来る前に、警察も呼んだ。もうすぐ到着するはずだ」

真野はじっと俺を見ている。俺の言ったことを信じたかどうかはわからないが、観念したようには見えなかった。

考えているのかもしれない。どうすれば助かるのか俺が必死で考えているように、真野もまた。

――この後警察が来るとしても、俺の口さえ封じれば、佐伯にすべての罪をなすりつけることができる。

真野がそれに気づいたら、躊躇なく俺を殺すだろう。

被害者たちが小柄な真野に殺されたのは、おそらく油断していたからだ。覚悟を決めて正面からやりあえば、俺が力で彼女に負けることはないとわかっている。しかし、戦おうなんて気持ちはかけらも湧いてこなかった。

倒れた佐伯はぴくりとも動かない。

情けないことに、それを目にしても、友人を殺された怒りすら感じない。

真野は四人も――いや、佐伯を含め五人も殺した殺人犯で、刃物を持っている。恐怖しかなかった。

逃げることしか考えられなかった。

真野との間には、まだ少し距離がある。

今なら、死ぬ気で走れば逃げられるかもしれない。

――タクシーは、待っていてくれているだろうか。

目を逸《そ》らした瞬間に襲いかかられるような気がして、ぎりぎりまで真野と睨み合った。

これ以上迷っている暇はない。頭の中で数を数える。三、二、一。

俺はすぐ横にあった自転車を引き倒し、身を翻して走り出した。

自転車を倒した瞬間、真野の目がそちらへ向いたのが見えたから、一瞬だけでも意識を逸らすことはできたはずだ。

ドラマや映画の主人公なら、犯人と対峙《たいじ》した主人公が逃げ出すなんてありえないだろう。しかし、俺は刑事でも探偵でもない。

真野を置いていったら逃亡するかもしれないとか、その過程でまた誰かを襲うかもしれないなんてことは考える余裕もなかった。

ただ怖くて、死にたくなくて、必死で走った。

数メートル先に、タクシーがまだ停まっているのが見えた。

運転手が近づいてくる俺に気づいたらしく、タクシーの後部座席のドアが開く。

助かった。

走りながら振り返ると、真野は追いかけてきていなかった。

遠くに、かすかに、駐輪場に立っている彼女が見える。

距離がありすぎて、どんな表情をしているのかはわからない。ただ、両手を体の横に下ろして、棒立ちになっているようだった。

何故、追いかけてこないのだろう。もう逃げられないと、あきらめたのだろうか。俺は走る速度を落とした。後ろを振り返り振り返り、タクシーにたどりつく。対峙しているときは怖くて仕方がなくて、俺には彼女が得体の知れない獣か何かのように思えていた。

けれどこうして遠くから見ると、ただの、途方に暮れて立ち尽くしている女の子に見えた。

直後、パトカーのサイレンが近づいてきた。

＊　＊　＊

佐伯は救急車で搬送され、一命をとりとめた。出血が多く、一時は生死の境をさまよったらしいが、今はベッドの上で身を起こせるまでに回復している。

真野の逮捕は大きく報道され話題になったが、報道されなかった事実もあった。それらについて俺は病室で、当事者である佐伯から聞いて知った。警察すら把握していない事実もだ。

佐伯は昨年の8月、自分の通う美大の近くで真野が死体を切り刻んでいるのを、たまたま目撃したのだそうだ。一方的な、それが出会いだった。

ずたずたの死体を美しいと思い、証拠化するつもりもなく、ただ自分の絵の参考のために写真に撮ったというから、殺人犯ではなかったにしろ、佐伯も大概だ。

ともかく、真野に興味を持った佐伯は、犯行現場に彼女が落としたレシートからその行動範囲を絞り込み、見つけ出して近づいた。真野と親しくなるためにボランティアスタッフになったということだけは、俺の想像した通りだったわけだ。

佐伯が目撃したのは、真野が起こした二件目の殺人で、一件目の事件については報道された後だったから、ニュースを観ていた佐伯は、それが連続殺人だと気がついた。真野を尾行していれば、また殺人を犯すかもしれないと期待したのだろう。

真野が連続殺人犯だと知った上であえて近づき、しかも、犯行を止めるどころか、尾行して犯行後の遺体写真を撮影していたというのだから、俺の理解の範疇《はんちゅう》を超える。芸術家としての興味だったのだろうか。偶然犯行現場を目撃してしまった二件目の事件の被害者と、俺が幻視した三件目の事件の被害者しか撮れなかった、と本人は残念そうにしていたが、十分だ。

「凶器のナイフは、最初の被害者の持ち物だったんだってさ」

テレビや来客用のソファまでついた贅沢《ぜいたく》な個室のベッドの上で上半身を起こした佐伯は、俺が差し入れたたまごプリンを食べながら、警察や、真野本人から聞いた話を教えてくれた。

いわゆる家出少女だったと報道されていた一人目の被害者は、交際相手とケンカ別れして、彼の持っていたナイフを持ち出して逃げているところだったという。その交際相手が暴力的な人間で、護身用にするつもりだったのかもしれない。

　真野は偶然彼女に会って声をかけ、家に泊めてあげると申し出て、人気のない場所に連れ出し、被害者本人のナイフを使って殺した。それをそのまま、それ以降も凶器として使用していたようだ。

「凶器の入手経路から犯人が特定されたりって、結構あるみたいだからね」

　佐伯は凄惨な事件について平然とした顔で話している。

　プラスチックのスプーンでプリンの最後の一口を口へ運び、飲み込んでから、「どうしても人を殺してみたかったんだって」と言った。

「前から興味はあって、一度殺してみたいと思ってて、でも機会がなかったんだって。そしたらチャンスが訪れて、だからやったってことみたい。特に理由があって殺したわけじゃなくてね」

　足のつかない凶器と、簡単に殺せそうな油断しきった被害者が同時に目の前に現れたから。強いて言えば、それが動機だったという。

「遺体を切り刻んだのは……」

「せっかく死体があるから、感触とか確かめるために、何度か切っておいたんだって。それはちょっとわかるなあ。人の身体を切れる機会なんてめったにないから。生きてるうちは抵抗されるから一刺しで殺すしかないけど、もう暴れない身体がそこにあったら、とりあえず切ってみるよね。じゃないともったいないっていうか」

その感覚は俺にはわからない。

真野に共感を示す佐伯に対しても薄ら寒さを感じたが、今さらだ。何もかも、理解できないことばかりだ。

初めての殺人を犯した後、真野は、しばらく間を開けて、次は二人続けてホームレスの男性を襲った。彼らに恨みや嫌悪感を抱いていたわけでもなく、ただ、外で寝泊まりしていて孤立しがちな彼らなら比較的襲いやすそうだと思ったそうだ。

事件がきっかけで彼らの危機意識が高まり、支援を受けるホームレスが増加したことも、意図してのことではなかったようだ。

「殺したい相手がいて、そのために殺しやすい標的で練習してるのかなって僕は思ってたんだけど、やってみたら意外と簡単に殺せたから、もう一回やってみようと思ったって言ってた。練習っていう僕の予想を伝えたら、ちょっとおもしろがってる様子だったよ。ただ、結果的には、経験を積んだ甲斐《かい》あって、殺しにくい標的もスムーズに殺せるようになったみたいだから、練習っていうのもあながち完全な間違いでもないかも」

不謹慎にもほどがあることを言って、佐伯は空になったプラスチックカップにスプーンを入れ、ベッドの脇のゴミ箱に捨てた。

「彼女もね、騒ぎになって皆警戒し始めたし、そろそろやめどきかなって思ってたそうだよ。本当は坂口さんで最後にするつもりだったって。僕に知られてるってわかるまではね」

それでは、俺が干渉しなくても、あれ以上被害者が出ることはなかったのか。

いや、わからない。最後にするつもりだったというのが本心かどうかはわからないし、そのときは本気でやめるつもりだったとしても、やめられたかどうかもわからない。

「坂口さんは、どうして……真野とはそんなに交流もなかっただろ」

顔見知りではあったし、女性同士で、坂口は真野を警戒していなかっただろうから、人気のない場所へ連れて行き殺害することも簡単だっただろうが、それでもホームレスよりは襲うのにリスクのある相手だったはずだ。

あの二人の間に、殺意を抱くことになるほどの濃い人間関係があったとは思えないのに――ただ単に、二件目三件目の被害者が男性だったから、次は女性を殺してみたくなっただけだろうか。

「それ僕も聞いたんだよね。何かむかついたからって言ってたけど」

佐伯は思い出そうとするようにわずかに首を傾げる。

「ああ、あと、『私とキャラ被ってるんだもん』って言ってた。本当にそれだけかどうかはわからないけどね」

ぞっとするような軽さだった。

では、本当に、大した理由はなかったのだ。

俺が、坂口と話したことを真野に伝えたせいかと思っていたが、坂口は、真野にとって不都合な何かを目撃したわけでもなかった。実際には、真野は襲いやすい標的を探してホームレスたちに声かけをしていたのかもしれないが、少なくともそれを見た坂口は、真野と犯行をつなげて考えたりはしていなかった。

四人の被害者たち全員に、殺される理由なんてなかった。それなのに、殺されてしまった。大した理由もなく、やってみたいから、やってみたらできたから、ちょっとむかついたからこの人も、という程度の気持ちで人を殺す。明るくて気さくでボランティアに熱心な大学生の顔をして——いや、真野は確かに、そうだった。明るくて気さくでボランティアに熱心だった。それと同時に、軽い気持ちで人を殺す殺人犯でもあったのだ。

高校時代からのつきあいなのに、何年もの間、真野に触れても幻視が起きたことがなかったのは、彼女に不幸な未来や後ろ暗い秘密がないからだろうと思っていた。そのことで、俺は勝手に安心してしまっていた。真野を、屈託のない人間だと思い込んでいた。

真野に触れてもずっと何も視えなかったのはきっと、彼女が、人を殺すことに後ろ暗い気持ちを抱いていなかったからだ。

——坂口を殺すところと、佐伯と会っているところだけが視えたのは、知り合いを殺すことには多少の罪悪感があったからだろうか。

保身のために友人である佐伯を殺そうとしたことは、それまでの軽い気持ちの殺人とは意味合いが違っていただろうからわからなくもないが、坂口に関してはよくわからない。彼女を殺したことについても、何か、ほかの被害者とは違う利己的な理由、重みがあったのだろうか。「キャラが被っているから」なんて理由は理由にもならない気がするが。

今となってはわからないことだった。

「久守くん、もしかして、坂口さんと何かやりとりっていうか、交流あった？」

「え、いや……たまたま道で会ってちょっと話したくらいだけど」

佐伯は訳知り顔で、そっか、と頷く。何か言いたげに見えたが、結局、彼はそれ以上何も言わなかった。

佐伯は、俺より真野のことを理解しているようだ。

そういえば、わからないことは他にもあった。

「真野は、人を殺すこと、何とも思ってないみたいだった。それ自体、俺には理解できないけど……佐伯も、真野のこと、青空みたいだって言ってただろ。晴れ渡った空みたいに曇りがないって。それって、人を殺してても、それを悪いことだとも思ってないってことだろ」

真野には罪の意識がない。だからきっと、俺は何年もの間、真野に触れても不穏な幻視をすることがなかったのだ。あくまで仮説だが、本人の後ろ暗い気持ちに反応して幻視が起きるなら、彼女が殺人に罪悪感を持っていない以上、彼女がどれだけ罪を重ねても俺に彼女の未来は視えない。

しかし、ひだまりで一度、佐伯の家からの帰り道で一度、俺は真野に触れて未来を幻視した。そのとき視えた被害者は坂口と佐伯だったから、知人を殺すときはさすがに多少の後ろめたさを感じたということかとも思っていたが、坂口を殺した理由がそんな軽いものなら、それもなんだかしっくりこない。

ならば何故、あのときは幻視が起きたのか、それが気になっていた。

「人を殺すことにもまったく心が痛まない、そういう人間がさ、後ろめたさを感じることがあるとしたら……どういうときだろう」

佐伯ならもしかしたらヒントをくれるかもしれない。そう思い、訊いてみる。

佐伯は、「そうだね」とベッドの上で考えるそぶりを見せた。

「大事な人を裏切ってるときとか？　あとは、その人に嘘《うそ》をついたり、傷つけたりしたとか……あ、浮気心が出たときとか。バレたら嫌われちゃうかも、みたいに思ったときとか、かなあ」

思ってもみなかった答えが返ってくる。まさかそんな、普通の女の子みたいな悩み——と思ったが、考えてみれば、俺はずっと、真野を普通の女の子だと思っていたのだ。それはそれで真実だったとするなら、真野は連続殺人犯であると同時に、普通の女の子でもあったのだろうか。殺人犯であるというだけで、もはや普通とは呼べないだろうが——殺人をなんとも思わないような彼女でも、私生活で何か動揺すること、後ろめたいと思うことがあって、それに反応して殺人現場の幻視が視えたのだろうか。

「大事な人がいる奴が……誰かを大事だと思える奴が、平気で人を殺すのか？」

そんなもんだよ、と佐伯はのんびりとした口調で言った。

そういえば、シリアルキラーについて調べたとき、人知れず何人もの人間を殺しておきながら、家では有名な愛妻家だった連続殺人犯の記事を読んだ。

しかし、納得はできなかった。誰かを大事に思う気持ちがあるのに、何の罪もない被害者たちに対してかけらも思いやりを持てないなんて。

「勝手だろ」

「勝手だけど」

佐伯は苦笑して続ける。

「人間って勝手なものでしょ」

殺人犯も、人間だ。

理解できなくても、納得できなくても——そういうものなのだと。

指摘されれば、当たり前のことだった。

そうだなと応えるしかなかった。

真野だって人間で、彼女にも感情がある。当たり前のことなのに、改めてそう言われただけで、どうしようもない虚しさとやるせなさが湧く。

結局のところ推測するしかないが、何に対してかはわからないにしろ、真野の中にも、ほんのわずかにでも、良心が咎《とが》める瞬間があったということだろう。だから秘密が視えた。あのときだけ。坂口を殺すところと、佐伯を刺す前と、二回だけ。

真野が何に対して後ろ暗さを抱いたのか、本当のところは、確認のしようもない。

「それにしても、坂口さんを殺した理由とか……真野はよくそんなことまで話したな。警察にだって話してないだろ、そんなこと」

「駐輪場に呼び出されたとき、色々訊いたんだ。どうせ殺すし、いいかって思ったんじゃない？」

「ずいぶん軽く言うな……」

「もちろんショックは受けてるよ。僕としては、通報する気はなかったし、これからも色々話を聞かせてほしいって思ってたんだけど」

真野は、佐伯のマンションで、俺が落としてしまったあの写真を見ていたらしい。それで、佐伯が自分の犯行を知っていると気がついた。写真を落としたのが佐伯でなく俺である可能性もあったはずだが、その後の俺の言動から、俺は何も気づいてないと踏んだようだ。それで佐伯を呼び出し、どの程度知っているのかを確かめた後、始末することにした……。

好きな相手に殺されそうになった割には、佐伯は大して落ち込んでいるようには見えない。口ではショックだと言うが、表情も声もいつも通りだ。

写真がなぜリビングに落ちていたのか、誰かが留守中にファイルを漁ったのではないか――そうすると疑わしいのは当然俺なわけだが――ということは考えていないか、考えたとしても、どうでもいいと思っているのだろう。

「でも久守くんがすぐに救急車を呼んでくれたおかげでこうして助かったからね。彼女にも、これから話を聞くチャンスはあるかも。久守くんほんとヒーローだね、二回も助けてもらっちゃった」

「佐伯が刺されたときには間に合ってないし、その後も逃げただけだけどな……俺が呼んだのは警察で、救急車は宮本刑事が呼んだんだし」

何故二人があの夜、美大のキャンパス内にいるとわかったのか、訊かれても説明できないので、俺は「以前美大を訪ねたときに忘れ物をしたので取りに来たら偶然事件現場を見てしまった」と言い張った。疑わしいとは思われているだろうが、嘘だと証明することもできないし、そもそも俺は容疑者ではないから、追及されることはなかった。

「佐伯は、真野が連続殺人事件の犯人だってわかってたのに、呼び出されてのこのこ出かけてったんだろ。警察に何か言われなかったか？」

「呆《あき》れられたり、気持ち悪いものを見るような目で見られたり色々したけど、共謀？　があったわけじゃない、ってことはわかってもらえたみたい。つまり、共犯の仲間割れじゃなくて、純粋な被害者だってことをね」

「純粋かどうかは微妙だけどな……」

「最初に目撃したときは映画のロケか何かだと思った。次のときは本物の死体だとわかっていたけど、真野さんのことが好きになっていたから通報できなかった。証拠写真も撮ったけど、やっぱり警察に届け出る覚悟はできなかった……ってことで一応通ったっぽいよ。僕が写真を持ってることに彼女が気づいて、口封じのために襲われたっていうのは、警察としても納得できる流れだったみたい」

佐伯は今回の事件においては被害者なので、警察も自宅を無断で調べるようなことはしないだろう。写真は任意に提出したと言っていたが、少なくとも一部は手元に残しているに決まっている。警察に出していない写真もあるのではないかと思っているが、確かめるつもりもなかった。

いずれにしろ、警察は客観的事実と矛盾してさえいなければ、被害者や証人の話をだいたいそのまま受け入れるようだ。犯人がつかまり、犯行を認めている以上、俺たちの証言に多少首を傾げる部分があっても目を瞑《つぶ》ってもらえるのだろう。

「実際には、通報するつもりもなかったし、真野に自首を勧めたわけでもないんだろ」

「うん。僕は彼女の信奉者だからね」

まるでそれが誇らしいことでもあるかのように、佐伯は笑顔で胸を張る。

「彼女にもそれを伝えた。安心して、真野さんが犯人だってわかるような証拠は、何も残していないよ。って言ったんだけど」

「そんなこと言ったら殺されるにきまってるだろ……」

確かに、佐伯の家にあったのは遺体の写真だけで、犯行現場にいる真野を写したものは一枚もなかった。真野の写真は山ほどあったが、あれだけ見ても、誰も殺人犯が彼女だとは思わない。殺人犯が次に狙ってストーカーしている女子大生だと思うだけだろう。

佐伯が死ねば、彼にすべての罪をなすりつけることができる。それを聞いたら、真野としては、佐伯を殺す以外の選択肢はない。

「むしろ何でそれで大丈夫だと思ったんだよ。普通なら、どんな証拠を握っているかを伏せて保険にするだろ。相手は殺人犯なんだぞ」

「彼女に誠意が伝わらなかったのは悲しいな……」

軽口かと思ったら、本当に悲しそうな顔をしている。

佐伯は、真野が殺人犯であること、それも、おそらく罪の意識をまったく持たず、理由らしい理由もなく人を殺していると知りながら彼女に興味を持ち、そのうえ、恋をした。

やはり俺には、真野だけでなく、佐伯のことも理解できない。

理解しようと思うのが間違いなのかもしれない。

その証拠に佐伯は、次の瞬間には顔を上げ、まあ、結果的には助かったし、いい経験になったと思うけどね、とけろりとして言った。

この経験も、いずれ作品に反映されるのだろう。たくましい――というべきか。

感覚がずれているだけかもしれないが。

「真野が犯人だってわかったとき、俺は逃げ出したんだ。佐伯はもう死んでると思ってたし、俺も殺されると思った。けど、真野は追いかけてこなかった」

どうしてかはわからない。

知人を二人も殺すことには、ためらいがあったのだろうか。佐伯に続いて俺まで殺したら、その日二人と会っていた自分に疑いがかかると思って躊躇したのかもしれない。その一瞬の迷いの隙をついて俺は逃げることができた。

全ての抵抗をあきらめたかのように、ただ立ち尽くしていた真野を思い出した。

それは俺が最後に見た彼女の姿だ。

俺はただただ恐ろしくて、逃げることに必死だったけれど、もしもあのとき彼女の顔が見えていたらどんな表情をしていたのだろうと、後になって思った。

「彼女は、久守くんを殺すつもりはなかったと思うよ」

佐伯が言った。

「彼女、コートを着替えてただろ。気づいてた？」

「ああ……そうだったな」

しかし、そのことと、俺を殺さなかったことがどうつながるのかわからない。

どういう意味かと俺がそちらを見ると、

「僕が着替えたんだねって言ったら、彼女、『あのコートはお気に入りだから汚さないように』って言ってたんだ」

まだ意味が分からない俺に、佐伯は眉を下げた、彼にしては珍しい表情で笑う。

「僕はふられたってこと」

ふと見ると、ベッドヘッドのフックに掛けられたトートバッグから、スケッチブックがのぞいていた。家族か誰かの差し入れだろう。

入院中も描くつもりらしい。

事件の直前まで彼が描いていた、真野の絵のことを思い出した。

あの絵は今も、佐伯の部屋にあるはずだ。あと少しで完成するというところで止まったまま。

あれはまさに、死と踊る少女の絵だった。しかし描かれていたのは、相手が死神であることに気づかず踊る、無垢な少女ではない。

ダンスをリードしているのは、彼女のほうだった。

死神の手を引き、思うままに踊らせながら微笑む少女。

それは佐伯が、愛する彼女の昏い秘密を描いた絵だ。

晴れた空のような笑顔の裏に抱えた、誰にも言えない、ひた隠しの秘密。

きっと佐伯はこれからも、彼女の絵を描き続けるだろうと、俺はぼんやりと思った。

笑顔でホームレスたちのために活動し、誰からも好かれながら、四人もの人間を殺害し続けた彼女の心の闇を、俺は一生理解できないだろう。そんな彼女に恋をした、佐伯の闇も。

しかしきっと、それでいい。理解なんて、できないままで。

音を消していたので気づかなかったが、病室のテレビは、真野のニュースを流していた。裁判員裁判の公判前準備手続が長引いていること、彼女が精神鑑定を受けることになったことが、表示された見出しから読み取れる。

俺はテレビの画面から目を逸らし、佐伯を見た。

「どうするんだ？　これから」

「待つよ。もちろん。それに、何度でも会いに行く」

静かな声で、しかしはっきりと、佐伯は答える。

真野の裁判はまだ始まっていないが、おそらく死刑判決が出るだろう。そうでなくても、きっと、もう二度と外の世界には出て来られない。

それでも彼の目に、迷いはなかった。

「……傷口、もうふさがってるのか？」

「え？　うん。完全にじゃないけどね。見る？」

思った通り佐伯は、嬉々《きき》として上衣をまくりあげ、包帯の巻かれた部分を見せてくれる。俺には血や傷を見て喜ぶ趣味はないが、佐伯にとっては興奮する材料なのだろう。

包帯の下には、ガーゼか何か、四角いシートのようなものが当てられているようだ。

「触ってみていいか？」

佐伯に訊くと、どうぞ、とさらに上衣を持ち上げられた。

俺は、傷の形状について語る佐伯に適当な相槌を打ちながら、包帯に覆われた傷に手を伸ばす。

思えば、俺にとってこの事件は、「ひだまり」の事務所の前の横断歩道で佐伯とすれ違い、被害者の姿を幻視したことから始まった。

だから最後にもう一度だけ、この事件の先にあるものを、佐伯の未来を視たかった。これで最後にするつもりで触れる。

佐伯はこの事件を受け止めてどう変わるのか。変わらないのか。真野との関係はどうなるのか。俺は佐伯と友人でいられるのか。

包帯越しに、手のひらが傷痕に重なる。

何も視えなかった。

俺は、ふうっと息を吐く。

これまで自分の意思で幻視をコントロールできたことはないが、それでも今はなんとなく、視えるような予感がしたのに――拍子抜けする気持ち、がっかりした気持ち、それから、何故か少し安心したような気持ちが同時にあった。

きっと、視えなくてよかったのだ。

「この傷が治ったら、もう、自分から危険に飛び込んでいくようなことはするなよ。真野を待つつもりなら、なおさら」

無駄だろうなと思いながらそう言って、調子よく「そうするよ」などと笑う佐伯に背を向けた。

病室の窓ごしに見える空は久しぶりに晴れている。なんだかずいぶん長い間、青空を見ていなかったような気がした。

俺はそれにも背を向けて歩き出しながら、視えなかった未来を想像する。

佐伯は絵を描き続け、いずれまた個展を開くだろう。「扉」より多少広い会場で開ける日も来るかもしれない。

壁には何枚もの油絵が掛けられ、今よりいくらか大人びた佐伯は、訪れた客と穏やかに言葉を交わす。

佐伯はきっと変わらないから、俺が彼と友人でい続けることができるかはわからない。それは俺がこれから選ぶことだ。

けれど、もしも佐伯が個展を開いたら、そのとき俺は足を運ぶだろう。久しぶり、なんて言葉を交わすかもしれない。

もちろん、成長した佐伯の隣に、真野はいない。

けれど黒いドレスで死神と踊る彼女の絵はきっと、大切に、一番華やかな場所に飾られているのだ。


（了）

幻《げん》視《し》者《しゃ》の曇《くも》り空《ぞら》

——cloudy days of Mr.Visionary

著者　織守《おりがみ》きょうや

発行所　株式会社二見書房
東京都千代田区神田三崎町二－十八－十一
電話　〇三（三五一五）二三一一［営業］
〇三（三五一五）二三一三［編集］
振替　〇〇一七〇－四－二六三九

印刷／製本　株式会社堀内印刷所

二〇二一年　五月二〇日　初版発行

落丁・乱丁本はお取り替えいたします。
定価は、カバーに表示してあります。

ISBN978-4-576-21065-0
https://www.futami.co.jp

cloudy days of Mr.Visionary